Cuadernos del Acantilado, 123

UN MÉDICO RURAL

FRANZ KAFKA

UN MÉDICO RURAL

PEQUEÑOS RELATOS

EPÍLOGO Y TRADUCCIÓN DEL ALEMÁN
DE LUIS FERNANDO MORENO CLAROS

BARCELONA 2024 ACANTILADO

TÍTULO ORIGINAL *Ein Landarzt*

Publicado por
ACANTILADO
Quaderns Crema, S. A.

Muntaner, 462 - 08006 Barcelona
Tel. 934 144 906
correo@acantilado.es
www.acantilado.es

En la cubierta, ilustración de Leonard Beard

ISBN: 978-84-19958-19-8
DEPÓSITO LEGAL: B. 13348-2024

AIGUADEVIDRE *Gráfica*
QUADERNS CREMA *Composición*
ROMANYÀ-VALLS *Impresión y encuadernación*

PRIMERA REIMPRESIÓN *diciembre de 2024*
PRIMERA EDICIÓN *septiembre de 2024*

CONTENIDO

A mi padre.

EL NUEVO ABOGADO

Tenemos un nuevo abogado, el doctor *Bucéfalo*. En su aspecto exterior poco recuerda al tiempo en que todavía era corcel de batalla de Alejandro de Macedonia. Aunque quien esté familiarizado con las circunstancias algo nota. Así, hace poco, en la misma escalinata de acceso, pude ver a un simple ujier del tribunal admirando al abogado con la mirada experta del pequeño frecuentador de las carreras de caballos, cuando éste, alzando bien alto los muslos, ascendía, escalón tras escalón, con pasos que resonaban en el mármol.

En general, el colegio de abogados aprueba la incorporación de *Bucéfalo*. Con asombrosa perspicacia, se dice que *Bucéfalo*, dado el orden social en la actualidad, está en una situación difícil y que por eso, así como por su importancia histórica universal, merece en cualquier caso un trato benévolo. Hoy—eso nadie puede negarlo—no hay ningún Alejandro Magno. Asesinar saben algunos, desde luego; tampoco falta la habilidad para ensartar con la lanza al amigo por encima de la mesa del banquete, y para muchos Macedonia es demasiado angosta, así que maldicen a Filipo, el padre; pero nadie, nadie puede guiarlos hasta la India. Ya en aquellos tiempos las puertas de la India eran inalcanzables, pero la dirección de éstas la marcaba la espada del rey. Hoy han trasladado las puertas a otra parte muy distinta, y están más lejos, y son más altas; nadie señala la dirección; muchos tienen espadas, pero sólo para blandirlas en el aire; y la mirada de aquellos que quieren seguirlas se confunde.

Quizá por eso sea realmente lo mejor, tal y como ha hecho *Bucéfalo*, sumergirse en los libros de las leyes. Libre, sin la opresión en los flancos de los lomos del jinete, junto a la pacífica lámpara, lejos del fragor de la batalla de Alejandro, lee y pasa las hojas de nuestros viejos libros.

UN MÉDICO RURAL

Yo estaba en gran apuro: tenía por delante un viaje urgente; un enfermo muy grave me esperaba en un pueblo a diez millas de distancia; una fuerte ventisca de nieve ocupaba el vasto espacio entre él y yo; yo tenía un coche, ligero, de ruedas grandes, muy apropiado para nuestros caminos rurales; envuelto en el abrigo de piel, el maletín con el instrumental en la mano, ya estaba yo en el patio, listo para partir; pero faltaba el caballo, el caballo. Mi propio caballo había perecido la noche anterior, como consecuencia del intenso esfuerzo en este gélido invierno; mi criada corría ahora por el pueblo de acá para allá para que le prestaran un caballo; pero era en vano, lo sabía, y cada vez más cubierto de nieve, cada vez más inmóvil, yo estaba ahí parado inútilmente. La muchacha apareció en el portón, sola, y agitó la linterna; naturalmente, ¿quién iba a prestar ahora su caballo para semejante viaje? Recorrí una vez más el patio; no encontraba ninguna posibilidad; confundido, atormentado, pegué con el pie en la frágil puerta de la pocilga que desde hace años ya no se usa. Se abrió y osciló adelante y atrás en sus goznes. Calor y olor como de caballos salió de allí. Una linterna de establo mortecina oscilaba dentro, colgada de una cuerda. Un hombre, acurrucado en el bajo cobertizo, mostró su rostro franco de ojos azules. «¿Debo enganchar ya?», preguntó arrastrándose a gatas. Yo no supe qué decir y sólo me agaché para poder ver qué más había en el establo. La criada estaba junto a mí. «Uno no sabe la cantidad de cosas que tiene acumuladas en su propia casa», dijo ésta, y los dos nos reímos. «¡Hola, hermano! ¡Hola, hermana!», exclamó el mozo de cuadra, y dos caballos, poderosos animales de fuertes flancos, aparecieron uno detrás de otro, las patas muy pegadas al cuerpo, las cabezas bien formadas agachadas como los camellos, sólo gracias a la fuerza de los movimientos de sus cuartos traseros salieron por el hueco de la puerta, que llenaron completamente. Pero al punto se irguieron sobre sus largas patas, con el cuerpo despidiendo un vapor espeso. «Ayúdalo», dije, y la voluntariosa muchacha se apresuró a alcanzarle al mozo de cuadra los arneses del coche. Pero apenas estuvo ésta junto a él, el mozo la abrazó y pegó su cara a la de ella. Ella gritó y huyó hacia mí; marcadas en rojo, dos hileras de dientes aparecían marcadas en la mejilla de la muchacha. «¡Tú, bestia!—grité furioso—. ¿Quieres probar el látigo?», pero enseguida pienso que es un forastero; que no sé de dónde viene, y que me está ayudando voluntariamente cuando todos los demás me han fallado. Como si leyera mis pensamientos, no se tomó a mal mi amenaza, sino que se volvió hacia mí sólo una vez, mientras seguía ocupado con los caballos. «¡Suba!», dijo entonces, y efectivamente: todo está preparado. En un tiro tan hermoso no he viajado nunca, de eso me doy cuenta; así que me subo contento. «Pero yo conduciré, tú no conoces el camino», digo. «Cierto—dice él—, yo no le acompaño, yo me quedo con Rosa». «¡No!», grita Rosa, y corre hacia la casa con el presentimiento certero de lo inevitable de su destino; oigo tintinear la cadena de la puerta, que ella pone; oigo echar el cerrojo; veo cómo, además, corre por el pasillo y las otras habitaciones apagando las luces para volverse ilocalizable. «Tú vienes conmigo —le digo al mozo—o renuncio al viaje, pese a lo urgente que es. No pienso entregarte a la muchacha como pago por el viaje». «¡Arre!», dijo él; da unas palmadas; el coche es arrastrado, como madero en la corriente; todavía oigo cómo la puerta de mi casa cede y salta en pedazos bajo el envite del mozo, después mis ojos y mis oídos se llenan de un zumbido que penetra en todos mis sentidos por igual. Pero también esto dura sólo un instante, pues, como si enfrente del portón de mi patio se abriera directamente el patio de mi enfermo, ya estoy allí; los caballos están tranquilos; la ventisca de nieve ha cesado; claro de luna en derredor; los padres del enfermo salen raudos de la casa; su hermana tras ellos; casi en volandas, me sacan del coche; no entiendo nada de sus confusas palabras; en la habitación del enfermo el aire es casi irrespirable; echa humo la estufa, que nadie atiende; abriré la ventana; pero primero quiero ver al enfermo. Escuálido, sin fiebre, ni frío ni caliente, con ojos vacíos, sin camisa, el chico se incorpora bajo el edredón de plumas, se me cuelga al cuello, me susurra al oído: «Doctor, déjame morir». Miro a mi alrededor; nadie lo ha oído; los padres están de pie, mudos e inclinados hacia delante, y esperan mi veredicto; la hermana ha traído una silla para mi maletín de mano. Abro el maletín y busco entre mis instrumentos; el joven sigue tanteando desde la cama hacia mí para recordarme su ruego; cojo unas pinzas, las examino a la luz de la vela y vuelvo a dejarlas en su sitio. «Sí—pienso maldiciendo—, en estos casos ayudan los dioses, envían el caballo que falta, añaden un segundo además a causa de las prisas y, por si fuera poco, nos conceden también al mozo de cuadra». Sólo ahora me acuerdo otra vez de Rosa: ¿qué hago? ¿Cómo la salvo? ¿Cómo la saco de debajo de ese mozo de cuadra, a diez millas de ella, con caballos ingobernables tirando de mi coche? Esos caballos, que ahora se han soltado de alguna manera de las riendas; las ventanas, tampoco sé cómo las han abierto desde fuera; cada uno de ellos mete la cabeza por una ventana e, inalterables ante los gritos de la familia, contemplan al enfermo. «Parto otra vez enseguida», pienso, como si los caballos me conminasen a viajar, pero permito que la hermana, que me cree aturdido por el calor, me quite el abrigo de piel. Me sirven un vaso de ron, el viejo me da una palmada en la espalda, la entrega de su tesoro justifica esa confianza. Rehúso negando con la cabeza; según la estrecha mentalidad del viejo me sentaría mal; sólo por ese motivo rechazo beber. La madre está junto al lecho y me atrae hacia allí; voy hacia allí y, mientras un caballo relincha con estridencia en dirección al techo de la habitación, apoyo la cabeza en el pecho del chico, que se estremece bajo mi barba húmeda. Se confirma lo que sé: el joven está sano, un poco de mala circulación sanguínea a causa del café con el que lo atiborra la preocupada madre, pero sano, y lo mejor sería sacarlo de la cama de un empujón. Pero no soy uno de esos que mejoran el mundo y lo dejo yacer. Estoy contratado por el distrito y cumplo con mi deber hasta el límite, hasta donde ya casi empieza a ser excesivo. Aunque mal pagado, soy generoso y hasta estoy dispuesto a ayudar a los pobres. Además, todavía tengo que cuidar de Rosa, y puede que el chico tenga razón y también yo quiera morirme. ¡Qué hago yo aquí en este invierno interminable! Mi caballo ha muerto, y no hay nadie en el pueblo que me preste el suyo. Tengo que sacar mi tiro de caballos de la pocilga; si casualmente no hubieran sido caballos, hubiera tenido que viajar con cerdos. Así es. Y hago una señal afirmativa con la cabeza a la familia. Ellos no saben nada de esto y, si lo supieran, no lo creerían. Extender recetas es fácil, pero en lo demás, entenderse con la gente es difícil. Y bien, aquí habría concluido mi visita, otra vez se me ha molestado en vano, a eso estoy acostumbrado, con ayuda de mi campana nocturna me martiriza el distrito entero, pero que esta vez tuviera que entregar también a Rosa, esa hermosa muchacha que durante años vivió en mi casa sin que yo apenas le prestase atención... ese sacrificio es demasiado grande, y de alguna manera, con argucias que me sirven de ayuda, tengo que mantener fría la cabeza para no arremeter contra esta familia que ni con la mejor voluntad podrá devolverme a Rosa. Pero cuando cierro mi maletín de mano y hago un gesto en dirección a mi abrigo de piel, la familia se junta, el padre olfateando su vaso de ron que sostiene en la mano, la madre, seguramente desilusionada conmigo —sí, pero ¿qué espera el pueblo?—, bañada en lágrimas, mordiéndose los labios, y la hermana retorciendo una toalla profusamente ensangrentada, de alguna manera estoy preparado para admitir, dadas las circunstancias, que el chico sí que está enfermo. Me acerco a él, me sonríe, como si le llevara la sopa más reconstituyente de todas—¡ay!, ahora relinchan los dos caballos; bien debe tal alboroto, merced a una orden que viene de un lugar excelso, facilitar el examen médico...—y entonces encuentro que sí, que el joven está enfermo. En el costado derecho, en la zona de la cadera, se ha abierto una herida tan grande como la palma de la mano. Rosada, con muchos matices, oscura en lo profundo, amarillenta en los bordes, suavemente granulada, con sangre que se ha coagulado irregularmente, abierta como una mina a cielo abierto. Así a distancia. De cerca aparece una nueva complicación. ¿Quién puede contemplarla sin emitir un tenue silbido? Gusanos, tan gruesos y alargados como mi dedo meñique, rosados en sí mismos y, además, manchados de sangre por fuera, se retuercen, aferrados al interior de la herida, con sus cabecitas blancas, con muchas patitas, a la luz. Pobre chico, nadie puede ayudarte. He encontrado tu gran herida; de esta flor en tu costado perecerás. La familia está contenta, me ve activo; la hermana se lo dice a la madre, la madre al padre, el padre a algunos huéspedes que, de puntillas, balanceándose con los brazos estirados, entran a través del claro de luna de la puerta abierta. «¿Me salvarás?», susurra sollozando el joven, totalmente deslumbrado por la vida en su herida. Así es la gente en mi región. Siempre exigiendo al médico lo imposible. Han perdido las viejas creencias; el cura se queda sentado en casa y deshilacha las casullas, una tras otra; pero el médico debe lograrlo todo con su tierna mano quirúrgica. Bien, como gustéis: yo no me he ofrecido; si queréis usarme para propósitos sagrados, también permito que hagáis eso conmigo; ¡qué más puedo querer yo, un viejo médico rural, al que me han robado mi criada! Y ellos vienen, la familia y los más ancianos de la aldea, y me desvisten; un coro de escolares con el maestro en cabeza se planta ante la puerta y canta una melodía extremadamente sencilla con esta letra:

Desvestidle y sanará,
y si no sana, ¡matadlo!
Sólo es un médico,
sólo es un médico.

Ya estoy desvestido, y con los dedos en la barba, la cabeza inclinada, miro tranquilamente a la gente. Estoy absolutamente calmado y soy superior a todos y así me quedo, pese a que eso no me ayuda nada, puesto que ahora me toman por la cabeza y por los pies y me llevan a la cama. Junto al muro, al lado de la herida, me tienden. Después todos salen de la habitación; cierran la puerta; el canto cesa; nubes cubren la luna; el edredón cálido me cubre; las cabezas de los caballos se balancean como sombras en el vano de las ventanas. «¿Sabes?—oigo cómo se me dice al oído—, mi confianza en ti es mínima. Has sido arrastrado aquí desde alguna parte, no vienes por tu propio pie. En lugar de ayudar, me estrechas el lecho de muerte. Lo que más me gustaría es arrancarte los ojos». «De acuerdo—digo—, es una vergüenza. Pero soy médico. ¿Qué debo hacer? Créeme, tampoco es fácil para mí». «Debo conformarme con esa disculpa? ¡Ah! Tendré que hacerlo. Siempre tengo que conformarme. Con una hermosa herida vine al mundo: ése fue todo mi equipaje». «Joven amigo—digo—, tu error es que no tienes visión de conjunto. Yo, que he estado en todas las habitaciones de enfermos a lo largo y a lo ancho de la región, te digo: tu herida no es tan mala. Está hecha en ángulo agudo con dos golpes de la azada. Muchos ofrecen su costado y apenas oyen la azada en el bosque, por no hablar de que se les acerca». «¿Es así de verdad o me engañas porque tengo fiebre?». «Es así, de verdad, acepta la palabra de honor de un médico oficial». Y él la aceptó y se quedó quieto. Pero ya era hora de pensar en mi salvación. Los caballos seguían fieles en sus puestos. Rápidamente recogí la ropa, el abrigo de piel y el maletín; no quería detenerme en vestirme; si los caballos se daban tanta prisa como en el viaje hacia aquí, en cierta manera sería como saltar de esta cama a la mía. Obediente, un caballo se retiró de la ventana; arrojé el montón de cosas en el carruaje; el abrigo de piel voló demasiado lejos, sólo quedó sujeto a un gancho por una manga. Suficiente. Salté a un caballo. Las riendas sueltas arrastrando, un caballo apenas uncido al otro, el coche, dando tumbos detrás, y el abrigo de piel, lo último, arrastrando en la nieve. «¡Arre!», dije, pero no íbamos arreando; lentamente, como hombres viejos, nos arrastrábamos por el desierto de nieve; mucho tiempo se oyó detrás de nosotros el canto de los niños, nuevo pero erróneo:

¡Alegraos, oh, pacientes!
¡Os han metido al médico en la cama!

Así jamás llegaré a casa; mi floreciente consultorio está perdido; un sucesor me roba, pero sin provecho, puesto que no puede sustituirme; en mi casa hace estragos el asqueroso mozo de cuadra; Rosa es su víctima; no quiero ni imaginarlo. Desnudo, expuesto a la helada de estos tiempos malhadados, con coche terrenal y caballos sobrenaturales, yo, un hombre viejo, ando errante de un lado para otro. Mi abrigo de piel cuelga de la parte trasera del coche; pero no puedo alcanzarlo, y ninguno de entre la lábil chusma de los pacientes mueve un dedo. ¡Engañado! ¡Engañado! Una vez que se ha seguido la falsa llamada de la campana nocturna… ya no hay remedio.

EN LA GALERÍA

Si una artista ecuestre cualquiera, decrépita, enferma de los pulmones, en la pista del circo sobre caballo vacilante, ante un público incansable, fuera obligada por un jefe despiadado a golpes de látigo a dar vueltas alrededor durante meses sin interrupción, lanzando besos y doblando el talle encima del caballo, y si ese juego se prolongara bajo el incesante tronar de la orquesta y los ventiladores en el gris futuro que se abre por delante, acompañado por decrecientes y de nuevo crecientes oleadas de aplausos de admiración, de las manos que en realidad son martillos de vapor... quizá entonces un joven visitante de la galería descendería corriendo por la larga escalinata a través de todas las gradas, se precipitaría en la multitud y gritaría: «¡Alto!», a través de las fanfarrias de la orquesta, siempre dispuesta a adaptarse.

Pero como no es así; una bella dama, blanca y roja, entra volando, entre las cortinas que los orgullosos ayudantes de librea abren ante ella;

el director, completamente entregado, busca sus ojos, en posición animal, respirando frente a ella; muy preocupado, la sube al caballo tordo, como si fuera su nieta, amada sobre todas las cosas, que se prepara para emprender un peligrosísimo viaje; no logra decidirse a dar la señal con el látigo; por fin, dominándose, lo hace restallar; corre en círculos junto al caballo con la boca abierta; siguiendo con atención los saltos de la amazona; apenas puede creerse la perfección de su arte; intenta avisarla con gritos en inglés; conmina a los palafreneros que sostienen los aros a prestar la máxima atención; antes del gran salto mortal suplica a la orquesta que guarde silencio; finalmente baja a la pequeña del tembloroso caballo, la besa en ambas mejillas y le parece insuficiente todo homenaje del público, mientras ella misma, sostenida por él, alzada de puntillas, rodeada de polvo, con los brazos abiertos y la cabecita hacia atrás, quiere compartir su felicidad con el circo entero... pero como esto es así, el visitante de la galería apoya la cara en la barandilla e, inmerso en la marcha final como en un profundo sueño, llora sin saberlo.

UNA VIEJA HOJA

Es como si hubiéramos descuidado mucho la defensa de nuestra patria. No nos hemos ocupado de eso hasta ahora y hemos seguido con nuestro trabajo; pero los acontecimientos de los últimos tiempos nos causan preocupación.

Tengo un taller de zapatería en la plaza delante del palacio imperial. Apenas abro mi tienda al amanecer, veo ya las entradas de todas las calles que desembocan aquí ocupadas por hombres armados. Pero no son nuestros soldados, sino, según parece, nómadas del norte. De un modo que me resulta incomprensible han penetrado hasta la capital, que, sin embargo, está muy lejos de la frontera. En todo caso, ya están aquí; y parece que cada mañana son más.

De acuerdo con su naturaleza, acampan a cielo abierto, puesto que aborrecen los edificios de viviendas. Se ocupan con el filo de las espadas, con aguzar las puntas de las flechas, con ejercicios ecuestres. De esta plaza tranquila, que siempre se mantenía esmeradamente limpia, han hecho un auténtico establo. Es cierto que a veces intentamos salir de nuestras tiendas y, al menos, apartar la basura más molesta, pero esto ocurre cada vez más raramente, pues nuestro esfuerzo es en vano y, además, corremos el peligro de caer bajo los salvajes caballos o de ser heridos por los látigos.

Hablar con los nómadas no se puede. No conocen nuestro lenguaje, apenas tienen uno propio. Entre ellos se comunican de manera parecida a como lo hacen las grajillas. Una y otra vez oye uno ese griterío de las grajillas. Nuestra manera de vivir y nuestras instituciones les resultan tan incomprensibles como indiferentes. En consecuencia, también se muestran hostiles a cualquier tipo de lenguaje gestual. Puedes desencajarte las mandíbulas y dislocarte las muñecas, que no te han entendido y nunca te entenderán. A menudo hacen muecas; después ponen los ojos en blanco y echan espuma por la boca, pero con ello ni quieren decir algo ni tampoco asustar; hacen eso porque es su manera de ser. Lo que necesitan lo toman. No puede decirse que utilicen la violencia. Antes de su acometida, nos apartamos a un lado y les dejamos todo.

También de mis existencias se han llevado algunas buenas piezas. Pero yo no puedo quejarme cuando veo, por ejemplo, cómo le va al carnicero de enfrente. Apenas trae su mercancía, se la arrebatan toda y los nómadas la devoran. También sus caballos comen carne; a menudo yace un jinete junto a su caballo y ambos se alimentan del mismo pedazo de carne, cada uno por un extremo. El carnicero es medroso y no osa poner fin a los suministros de carne. Pero nosotros lo entendemos, entre todos recolectamos dinero y le ayudamos. Si los nómadas no recibieran carne, quién sabe qué se les ocurriría hacer; por lo demás, quién sabe qué se les ocurrirá incluso recibiendo carne a diario.

Hace poco el carnicero pensó que por lo menos podría ahorrarse el trabajo de la matanza, y por la mañana trajo un buey vivo. No debe repetirlo nunca más. Por lo menos una hora entera estuve tirado cuan largo soy en el suelo, en lo más profundo de mi taller, cubierto con todas las ropas, mantas y almohadas que pude acumular, sólo por no oír los bramidos del buey, puesto que los nómadas lo embistieron por todas partes para arrancarle con los dientes pedazos de su carne caliente. Ya hacía tiempo que todo estaba en calma cuando me atreví a salir; como borrachos en torno a un tonel de vino, yacían tumbados junto a los restos del buey.

Precisamente entonces creí haber visto al emperador mismo en una ventana del palacio; él no suele venir nunca a esos aposentos más exteriores, siempre reside sólo en el jardín más interior; pero esta vez—así me pareció a mí al menos—apareció en una de las ventanas y con la cabeza inclinada miraba lo acontecido delante de su palacio.

«¿Qué pasará?—nos preguntamos todos nosotros—. ¿Cuánto tiempo tendremos que soportar esta carga y esta tortura? El palacio imperial ha atraído a los nómadas, pero ahora no sabe cómo expulsarlos. El portón permanece cerrado; la guardia, antaño siempre marchando marcialmente de acá para allá, se mantiene quieta tras ventanas enrejadas. A nosotros, artesanos y comerciantes, se nos ha confiado la salvación de la patria; pero no estamos preparados para semejante tarea; y tampoco nos hemos jactado nunca de ser capaces de cumplirla. Es un malentendido, y pereceremos por ello».

ANTE LA LEY

Ante la ley hay un guardián. Hasta este guardián llega un hombre del campo y pide entrar en la ley. Pero el guardián dice que ahora no puede permitirle la entrada. El hombre reflexiona y pregunta después si le permitirán entrar más tarde. «Es posible—dice el guardián—, pero ahora no». Como el portón de la ley está abierto como siempre y el guardián se aparta a un lado, el hombre se inclina para ver el interior a través del portón. Cuando el guardián lo nota, se ríe y dice: «Si tanto te atrae, intenta entrar a pesar de mi prohibición. Pero ten en cuenta que yo soy poderoso. Y sólo soy el más ínfimo de los guardianes. Entre sala y sala hay otros guardianes, cada uno más poderoso que el anterior. Ya la visión del tercero ni yo mismo puedo soportarla». Tales dificultades no las esperaba el hombre del campo; «la ley tendría que ser accesible para todos y siempre», piensa, pero cuando mira ahora con más atención al guardián con su abrigo de piel, su gran nariz puntiaguda, su negra barba tártara, larga y rala, decide que es mejor esperar hasta que reciba el permiso de entrada. El guardián le da un taburete y le permite sentarse a un lado de la puerta. Allí se sienta él días y años. Hace muchos intentos para que lo dejen entrar y cansa al guardián con sus súplicas. El guardián lo somete a menudo a pequeños interrogatorios, le pregunta por su tierra y por otras muchas cosas, pero son preguntas indiferentes como las que formulan los grandes señores, y como conclusión le dice una y otra vez que él todavía no puede dejarlo entrar. El hombre, que se ha aprovisionado con muchas cosas para su viaje, emplea todo, por muy valioso que sea, para sobornar al guardián. Éste, ciertamente, lo acepta todo, pero dice a la vez: «Lo acepto sólo para que no creas que has dejado algo por hacer». Durante los muchos años el hombre observa al guardián casi sin interrupción. Se olvida de los demás guardianes y este primero le parece el único obstáculo para la entrada en la ley. Maldice el infortunado azar, en los primeros años sin contemplaciones y en voz alta, más tarde, cuando se hace viejo, tan sólo refunfuña para sí. Se vuelve infantil y, como en los largos años de estudio del guardián también ha conocido las pulgas en su cuello de piel, le pide también a las pulgas que le ayuden y ablanden al guardián. Finalmente, la luz de sus ojos se debilita y no sabe si es que en verdad todo se vuelve más oscuro a su alrededor o si sólo sus ojos lo engañan. Pero entonces bien percibe en la oscuridad un resplandor, que brota inextinguible de la puerta de la ley. Ya no vivirá mucho más. Antes de su muerte se reúnen en su cabeza todas las experiencias de aquel tiempo en una pregunta que hasta ahora todavía no ha formulado al guardián. Le hace señas, porque ya no puede enderezar más su cuerpo entumecido. El guardián tiene que agacharse mucho hasta él, puesto que la gran diferencia de altura ha variado bastante en detrimento del hombre. «¿Qué quieres saber ahora?—pregunta el guardián—, tú eres insaciable». «Todos aspiran a la ley—dice el hombre—pero ¿cómo es que en todos estos años nadie excepto yo ha pedido la entrada?». El guardián comprende que el hombre está llegando a su final y, para alcanzar todavía su deteriorado oído, ruge: «Aquí nadie más podía recibir permiso para entrar, porque esta entrada sólo estaba destinada para ti. Ahora yo me voy y la cierro».

CHACALES Y ÁRABES

Acampábamos en el oasis. Los compañeros dormían. Un árabe, alto y blanco, pasó junto a mí; había atendido a los camellos y se iba a su lugar de reposo.

Yo me tumbé de espaldas en la hierba; quería dormir; no podía; el aullido lastimero de un chacal en la lejanía; me senté otra vez. Y lo que había estado tan lejos de pronto estuvo cerca. Un enjambre de chacales me rodeaba; ojos que refulgen como oro mate y se apagan; cuerpos delgados, moviéndose ágil y acompasadamente, como bajo un látigo.

Uno vino por detrás, se apretó a mí, pasando bajo mi brazo, como si necesitara mi calor, después se situó delante de mí y habló, casi cara a cara conmigo:

—Soy el chacal más viejo a lo largo y ancho. Estoy contento de poder saludarte todavía aquí. Ya casi había perdido la esperanza, puesto que hemos estado esperándote durante un tiempo infinitamente largo; mi madre ha esperado, y su madre y todas las demás madres hasta llegar a la madre de todos los chacales. ¡Créelo!

—Esto me asombra—dije, y olvidé prender fuego al montón de leña que ya estaba preparado para mantener alejados a los chacales con su humo—, esto me asombra mucho oírlo. Sólo por casualidad vengo del lejano norte y mi viaje será breve. ¿Qué es lo que queréis, chacales?

Y como animados por esta solicitud, quizá demasiado amable, estrecharon más su círculo en torno a mí; todos respiraban jadeantes.

—Sabemos—comenzó el más viejo—que vienes del norte, precisamente en eso se cifra nuestra esperanza. Allí está el entendimiento que aquí no puede encontrarse entre los árabes. De esa fría arrogancia, ¿sabes?, es imposible obtener ni una chispa de entendimiento. Matan animales para comérselos, y desprecian la carroña.

—No hables tan alto—dije—, hay árabes durmiendo cerca.

—Eres realmente un extranjero—dijo el chacal—, si no, sabrías que nunca en la historia del mundo un chacal ha temido a un árabe. ¿Acaso deberíamos temerlos? ¿No es ya demasiada desgracia que estemos abandonados entre semejante pueblo?

—Puede ser, puede ser—dije—, no me formo juicio alguno sobre cosas que me son tan lejanas; parece ser una lucha muy antigua; estará en la sangre; así que tal vez sólo termine con sangre.

—Eres muy listo—dijo el viejo chacal; y todos respiraron más deprisa; con pulmones agitados, pese a que estaban allí inmóviles; un hedor amargo, por momentos sólo soportable con los dientes apretados, emanaba de las fauces abiertas—. Eres muy listo; eso que tú dices se corresponde con nuestra vieja doctrina. Así que les quitaremos su sangre y la lucha finalizará.

—¡Oh!—dije con más vehemencia de la que quería—, se defenderán; os dispararán con sus escopetas y os matarán en manadas.

—Tú nos malinterpretas—dijo—, según costumbre humana, que, por lo visto, tampoco se pierde en el lejano norte. Desde luego que no los mataremos. El Nilo no tendría agua suficiente para lavarnos y purificarnos. Ya sólo ante la simple visión de sus cuerpos vivos salimos huyendo a un aire más puro, al desierto, que por eso es nuestra tierra.

Y todos los chacales en derredor, a los que entretanto aún se habían agregado muchos más llegados de lejos, hundieron las cabezas entre las patas delanteras y se las limpiaron con las garras; era como si quisieran ocultar una repugnancia tan terrible que me hubiera gustado huir de su círculo dando un gran salto.

—Entonces, ¿qué tenéis intención de hacer? —pregunté e intenté levantarme; pero no pude; dos animales jóvenes me tenían aferrado por detrás, mordiéndome la chaqueta y la camisa; tuve que permanecer sentado.

—Te llevan la cola—dijo el viejo chacal gravemente a modo de explicación—, una muestra de respeto.

—¡Tienen que soltarme!—grité, volviéndome tan pronto hacia el viejo como hacia los jóvenes.

—Naturalmente que lo harán—dijo el viejo— si tú lo exiges. Pero tardarán un poquito, puesto que según la costumbre han mordido profundamente y primero tienen que separar lentamente los colmillos. Entretanto oye nuestro ruego.

—Vuestra conducta no me predispone mucho a ello—dije.

—No nos hagas pagar nuestra torpeza—dijo, y por primera vez recurrió como ayuda al tono lastimero de su voz natural—, somos pobres animales, sólo tenemos la dentadura; para todo lo que queremos hacer, lo bueno y lo malo, lo único que nos queda es la dentadura.

—¿Qué es lo que quieres?—pregunté, no muy calmado.

—¡Señor!—exclamó, y todos los chacales aullaron; muy remotamente me pareció como si eso fuera una melodía—. Señor, debes terminar con la lucha que divide el mundo. Aquel que lo hará eres tú, encajas en la descripción de nuestros mayores. Queremos que los árabes nos dejen en paz; aire respirable; limpia la vista de ellos en toda la circunferencia del horizonte; ningún balido lastimero de un carnero que el árabe degüella; todo bicho viviente debe reventar en paz; sin ser molestados, debemos saciar en él nuestra sed hasta dejarlo seco y limpio hasta los huesos. Limpieza, nada más que limpieza, es lo que queremos—entonces todos lloraron, sollozaron—, ¿cómo soportas tú este mundo, tú, noble corazón y dulce entraña? Sucio es su blanco; sucio es su negro; un horror es su barba; hay que escupir ante la visión de su rabillo del ojo; y si alzan el brazo, se abre el infierno en su axila. Por eso, ¡oh, señor!, por eso, ¡oh, caro señor!, con ayuda de tus manos todopoderosas, con ayuda de tus manos todopoderosas ¡rebánales el cuello con estas tijeras!

Y, obedeciendo un movimiento de su cabeza, se acercó un chacal que trajo en un colmillo una pequeña tijera de coser cubierta de viejo óxido.

—¡Salieron por fin las tijeras, y con esto se acabó!—gritó el guía árabe de nuestra caravana, que se había acercado a nosotros contra el viento y ahora blandía su látigo gigantesco.

Todos huyeron deprisa, pero se quedaron a cierta distancia, agazapados muy juntos, tantos animales, tan apiñados y rígidos, que parecían un pequeño redil rodeado de fuegos fatuos.

—Así que también tú, señor, has visto y oído este espectáculo—dijo el árabe y rio tan jovialmente como se lo permitía el carácter reservado de su pueblo.

—¿Así que tú sabes lo que quieren los animales?—pregunté.

—Naturalmente, señor—dijo él—, pero si es de todos conocido; mientras haya árabes, esas tijeras errarán por el desierto y seguirán errando con nosotros hasta el fin de los días. A todo europeo se las ofrecen para la gran obra; todo europeo es precisamente aquel que les parece ser el elegido. Esos animales tienen una esperanza absurda; locos, verdaderos locos es lo que son. Por eso los queremos; son nuestros perros; más hermosos que los vuestros. Mira, un camello murió anoche, he mandado que lo traigan aquí.

Vinieron cuatro porteadores y arrojaron el pesado cadáver delante de nosotros. Apenas yació allí, los chacales elevaron sus voces. Como si arrastraran irresistiblemente a cada uno de ellos con una soga, iban acercándose titubeantes, con el cuerpo pegado al suelo. Habían olvidado a los árabes, olvidado el odio; cautivados por la presencia de aquel cuerpo del que emanaba fuerte olor que todo lo diluía. Ya colgaba uno del cuello y encontró con el primer mordisco la arteria. Como una pequeña bomba frenética, que de manera tan obstinada como inútil quisiera apagar un poderoso incendio, cada músculo de su cuerpo se estiraba y se contraía en su sitio. Y ya estaban todos encima del cuerpo, formando una montaña, ocupados en la misma tarea.

En esto, el guía los azotó violentamente a diestro y siniestro con el látigo. Alzaron las cabezas, entre ebrios e impotentes; vieron a los árabes plantados delante de ellos; entonces sintieron los látigos en sus hocicos; se retiraron saltando y retrocedieron un trecho. Pero la sangre del camello ya formaba charcos y humeaba, varias partes del cuerpo estaban muy desgarradas; no lo podían resistir; otra vez estaban allí; el guía alzó otra vez el látigo; sujeté su brazo.

—Tienes razón, señor—dijo—los dejaremos con su oficio; además, es tiempo de partir. Ya los has visto. Maravillosos animales, ¿no es verdad? ¡Y cómo nos odian!

UNA VISITA A LA MINA

Hoy los ingenieros superiores estuvieron abajo con nosotros. Ha debido de haber algún encargo de la dirección para abrir nuevas galerías, y por eso vinieron los ingenieros para efectuar las primeras mediciones. ¡Qué joven es esta gente y, a la vez, qué distinta! Toda ella se ha criado libremente, y su manera de ser se muestra sin ataduras, definida con claridad ya en sus años mozos.

Uno, de pelo negro, vivaracho, deja que sus ojos lo recorran todo.

Un segundo, con un bloc de notas, toma apuntes mientras camina, mira alrededor, compara, anota.

Un tercero, las manos en los bolsillos de la chaqueta, de manera que todo en él parece tenso, va erguido; mantiene la dignidad; sólo en ese constante morderse los labios se muestra la impaciente e irreprimible juventud.

Un cuarto le da al tercero explicaciones que éste no le pide; más pequeño que él, corriendo a su lado como si quisiera tentarlo, con el dedo índice siempre en el aire, parece recitarle una letanía sobre todo lo que hay que ver aquí.

Un quinto, quizá el de mayor rango, no tolera ningún acompañamiento; tan pronto está delante como detrás; la comitiva acompasa sus pasos a los de él; es pálido y débil; la responsabilidad ha hundido sus ojos; a menudo cuando reflexiona se oprime la frente con la mano.

El sexto y el séptimo caminan un poco encorvados, cabeza junto a cabeza, brazo con brazo, en conversación confidencial; si esto no fuera evidentemente nuestra mina de carbón y nuestro lugar de trabajo en la galería más profunda, podría creerse que estos señores huesudos, sin barba, de nariz carnosa, son dos jóvenes clérigos. Uno de ellos ríe para sí casi siempre ronroneando como un gato; el otro, riendo igualmente, lleva la conversación y con la mano libre hace alguna indicación al respecto. Qué seguros tienen que estar estos señores de su posición, y qué méritos habrán debido de hacer en nuestra mina a pesar de su juventud para que ahora, durante una inspección tan importante, bajo los ojos de su jefe, les sea lícito ocuparse tan imperturbablemente con sus propios asuntos o, cuando menos, con aquellos asuntos que no están relacionados con la presente tarea. ¿O será tal vez posible que, pese a todas las risas y a toda la falta de atención, se den cuenta muy bien de lo que es necesario? Uno apenas se atreve a emitir un juicio concreto sobre tales señores.

Por otra parte, es indudable que, por ejemplo, el octavo, en comparación, está mucho más centrado en su tarea que éstos, y más que todos los otros señores. Él tiene que tocarlo y golpearlo todo con un pequeño martillo que cada vez saca del bolsillo y cada vez vuelve a guardar allí. En ocasiones, a pesar de su ropa elegante, se arrodilla en la mugre y da unos golpes primero en el suelo, y luego, retomando el paso, en las paredes o en el techo sobre su cabeza. Una vez se tumbó en el suelo cuan largo era y allí se quedó inmóvil; pensábamos que le había ocurrido alguna desgracia, pero después se levantó de un salto con un pequeño estremecimiento de su cuerpo esbelto. Así que sólo había sido una investigación más. Nosotros creíamos conocer nuestra mina y sus piedras, pero lo que ese ingeniero investiga aquí una y otra vez de esa manera nos parece incomprensible.

Un noveno empuja delante de él una especie de cochecito de niño en el que están los aparatos de medición. Aparatos extraordinariamente costosos, profusamente envueltos en la guata más suave. Ese coche en realidad debería empujarlo el sirviente, pero no se lo confían; hubo que traer a un ingeniero y lo hace con gusto, como puede verse. Es el más joven, quizá todavía no entienda nada de todos los aparatos, pero su mirada descansa constantemente sobre ellos, por eso a veces corre el peligro de chocar el coche contra una pared.

Pero he ahí a otro ingeniero que va junto al coche e impide que esto ocurra. Es evidente que éste entiende a fondo todos los aparatos y parece ser su verdadero custodio. De cuando en cuando, sin detener el coche, saca una pieza del aparato, mira a través de él, atornilla aquí o allá, la agita o le da unos golpecitos, se la lleva al oído y escucha; y finalmente, mientras el conductor del coche la mayoría de las veces se detiene, con todo cuidado deposita la pequeña pieza, apenas visible desde lejos, otra vez en el coche. Ese ingeniero es un poco déspota, aunque sólo en nombre de los aparatos. Diez pasos por delante del coche, a una muda señal de su dedo, debemos apartarnos a un lado, incluso allí donde no hay sitio para apartarse.

Detrás de estos dos señores va el desocupado

sirviente. Los señores, como es evidente dado su enorme saber, hace tiempo que se han despojado de toda arrogancia; el sirviente, por el contrario, parece haberla acumulado toda en sí mismo. Con una mano a la espalda, con la otra delante, sobre sus botones dorados o acariciando el fino paño de su librea, saluda a menudo con una inclinación de la cabeza a derecha e izquierda, como si le hubiéramos saludado y él respondiera, o como si entendiera que le hemos saludado pero no pudiera comprobarlo desde su altura. Naturalmente que no le saludamos, sin embargo, casi podría creerse al verlo que ser sirviente de la oficina de la dirección de la mina es algo extraordinario. Nos reímos a sus espaldas, desde luego, pero como ni siquiera el tronar de un rayo le haría volverse, seguimos considerándole como alguien incomprensible en nuestra atención.

Hoy se trabajará poco más; la interrupción ha sido demasiado prolongada; una visita así se lleva consigo cualquier pensamiento de trabajo. Es demasiado tentador seguir con la mirada a los señores en la oscuridad de la galería de prueba en la que han desaparecido todos. Además, pronto llegará el final de nuestro turno; ya no veremos el regreso de los señores.

EL PUEBLO MÁS CERCANO

Mi abuelo solía decir: «La vida es asombrosamente corta. Ahora, en el recuerdo, me parece tan condensada que yo, por ejemplo, apenas comprendo cómo un joven puede decidirse a cabalgar hasta el pueblo más cercano sin temer que (excluyendo del todo las casualidades funestas) el tiempo de una vida normal que transcurra plácidamente no alcance ni con mucho para semejante cabalgada».

UN MENSAJE IMPERIAL

El emperador—así dicen—te ha elegido a ti, el individuo, el súbdito más mísero, la sombra más diminuta que huye del sol imperial a la lejanía más lejana, precisamente a ti, el emperador te ha enviado un mensaje desde su lecho de muerte. Al mensajero lo ha hecho postrarse de rodillas junto a la cama y le ha susurrado el mensaje al oído; tanto le importaba que incluso le ha pedido que se lo repitiera al oído. Asintiendo con la cabeza, confirmaba la exactitud de lo dicho. Y delante de la multitud de espectadores de su muerte—todas las paredes que impedían la vista han sido derribadas y en la ancha y elevada escalinata serpenteante forman en círculo los grandes del reino—, delante de todos éstos ha despedido al mensajero. El mensajero se ha puesto en camino de inmediato; un hombre fuerte, incansable; extendiendo ahora un brazo, ahora el otro, se abre paso a través de la multitud; si encuentra resistencia se señala el pecho, donde está el signo del sol; avanza fácilmente, como ningún otro.

Pero la multitud es muy grande; sus aposentos no tienen fin. Si saliera a campo abierto, ¡cómo volaría!, y tú oirías bien pronto los magníficos golpes de sus puños en tu puerta. Pero en lugar de eso, ¡qué inútilmente se esfuerza!; todavía se abre paso a través de los aposentos más interiores del palacio; nunca los superará; y si lo lograra, nada se habría ganado; tendría que luchar con las escaleras que conducen abajo; y si lo lograra, nada se habría ganado; habría que atravesar los patios; y tras los patios, el segundo palacio circundante; y otra vez escaleras y patios; y de nuevo un palacio; y así durante milenios; y si finalmente pudiera salir por el portón exterior—pero nunca, nunca sucederá—, primero tendría ante él la capital de la corte, el centro del mundo, prodigiosamente amontonada sobre su propia escoria. Nadie puede atravesar por aquí, y mucho menos con el mensaje de un muerto. Pero tú te sientas junto a tu ventana y sueñas con él cuando cae la tarde.

LA PREOCUPACIÓN DEL PADRE DE FAMILIA

Algunos dicen que la palabra *Odradek* procede del eslavo y, basándose en eso, intentan demostrar su formación. Otros opinan, en cambio, que procede del alemán y que sólo tiene influencia eslava. Pero la inseguridad de ambas explicaciones permite concluir con razón que ninguna es acertada, sobre todo, porque con ninguna de ellas puede encontrarse un sentido a la palabra.

Naturalmente que nadie se ocuparía con tales estudios si no hubiera en realidad un ser que se llama Odradek. A primera vista, se asemeja a un carrete de hilo, plano y en forma de estrella, y de hecho también parece estar cubierto de hilo; sin embargo, sólo deben de ser hebras de hilo, rotas, viejas, anudadas unas a otras, pero también enredadas unas en otras, de las clases y los colores más diversos. Pero no es sólo un carrete, sino que del centro de la estrella sobresale una pequeña varilla transversal y a esta varilla se le añade todavía otra en ángulo recto. Con ayuda de esta última varilla, por una parte, y una de las puntas de la estrella, por la otra, el conjunto puede mantenerse de pie como sobre dos patas.

Uno está tentado de creer que este artefacto ha tenido antes algún tipo de forma práctica y ahora simplemente está roto. Pero éste no parece ser el caso; cuando menos, no se encuentra ningún signo de ello; en ninguna parte se ven indicios o roturas que indiquen algo así; es cierto que el conjunto parece sin sentido, pero es completo a su manera. Ciertamente, no pueden darse más detalles al respecto, ya que Odradek es extraordinariamente móvil y no se puede atrapar.

Se detiene alternativamente en el desván, en el hueco de la escalera, en los pasillos, en el vestíbulo. A veces no puede vérsele durante meses enteros; entonces es que tal vez se haya mudado a otras casas; pero siempre regresa sin falta a la nuestra. Alguna vez, cuando uno va a salir por la puerta y él está apoyado justo abajo en la barandilla de la escalera, entran ganas de hablarle. Naturalmente que no se le formula ninguna pregunta difícil, sino que se le trata—su pequeñez induce a hacerlo—como a un niño. «¿Cómo te llamas?», se le pregunta. «Odradek», dice. «¿Y dónde vives?». «Residencia indeterminada», dice, y ríe; pero es sólo una risa como la que únicamente se puede emitir cuando no se tienen pulmones. Suena más o menos como el crujido de las hojas secas. Con esto se acaba casi siempre la conversación. Además, estas respuestas no se obtienen siempre; a menudo está callado mucho tiempo, como la madera de la que parece hecho.

En vano me pregunto qué pasará con él. ¿Acaso puede morir? Todo lo que muere ha tenido con anterioridad una especie de propósito, una especie de actividad que lo ha desgastado; eso no encaja con Odradek. ¿Acaso habrá de seguir rodando escaleras abajo por delante de los pies de mis hijos y de los hijos de mis hijos arrastrando hebras de hilo? Evidentemente, eso no perjudica a nadie; pero la idea de que también él vaya a sobrevivirme es para mí casi dolorosa.

ONCE HIJOS

Yo tengo once hijos.

El primero es muy poco agraciado, pero serio e inteligente; pese a ello, aunque lo quiero como hijo lo mismo que a los otros, no lo tengo en muy alta estima. Su pensamiento me parece demasiado simple. No mira ni a la derecha ni a la izquierda, ni tampoco a lo lejos; en su pequeño círculo de ideas corre siempre en círculos o se revuelve más bien.

El segundo es bello, esbelto, bien formado; es encantador verlo en la posición de esgrima. También él es inteligente, pero además tiene mundo; ha visto mucho, y por eso parece que hasta la naturaleza misma del propio país le hable con mayor confianza que a los que se han quedado a vivir aquí. Con todo, seguro que esta ventaja no sólo, y ni siquiera en primer lugar, hay que agradecérsela esencialmente a los viajes, más bien se debe a lo inimitable de este niño, que será reconocido por cualquiera que, por ejemplo, quiera imitar su salto de trampolín, que incluye múltiples piruetas en el aire y que, no obstante, domina con salvaje maestría. Hasta el final del trampolín llegan el valor y las ganas del imitador, pero una vez allí, en lugar de saltar, se sienta de repente y levanta los brazos en señal de disculpa. Y a pesar de todo eso (en realidad, yo debería estar contento de tener un niño así), mi relación con él no carece de sombras. Su ojo izquierdo es un poco más pequeño que el derecho y parpadea mucho; sólo un pequeño defecto, ciertamente, que hace su cara más atrevida de lo que sería normalmente, y nadie, frente a la inimitable perfección de su ser, señalaría ese pequeño ojo parpadeante con actitud reprobatoria. Yo, el padre, lo hago. Naturalmente que no es ese defecto físico el que me causa dolor, sino una pequeña irregularidad de su espíritu que de alguna manera se corresponde con aquél, algún veneno errático en su sangre, alguna incapacidad, sólo visible para mí, de llevar a la perfección los talentos de su vida. Precisamente esto es lo que, por otra parte, lo convierte en mi verdadero hijo, puesto que este defecto suyo es simultáneamente el defecto de toda nuestra familia, sólo que es más visible en este hijo.

El tercer hijo es también bello, pero no es la belleza que a mí me gusta. Es la belleza del cantante: la boca ovalada; la mirada risueña; la cabeza que necesita un cortinaje detrás para causar efecto; el pecho excesivamente abombado; las manos que se alzan con facilidad y que caen con una facilidad aún mayor; las piernas que se hacen de rogar porque son incapaces de sostener. Y además de esto: el tono de su voz no es pleno; engaña un instante; hace que el entendido escuche; pero se desalienta poco después. Aunque en general todo induce a exhibir a este hijo, prefiero mantenerlo oculto; él mismo no se opone a ello, pero no porque quizá conozca sus carencias, sino por inocencia. También se siente extraño en nuestro tiempo; como si perteneciera a mi familia, pero también a otra que hubiera perdido para siempre, a menudo está decaído y nada puede animarlo.

Mi cuarto hijo es quizá el más sociable de todos. Un verdadero hijo de su tiempo, todos lo comprenden, se halla en el terreno que es común a todos, y cualquiera está en disposición de asentir con la cabeza a lo que dice. Tal vez mediante ese reconocimiento general gana su ser cierta ligereza, sus movimientos cierta libertad, sus juicios cierta despreocupación. Uno querría repetir a veces algunas de las cosas que dice, desde luego sólo algunas, porque en su conjunto adolecen de demasiada ligereza. Es como uno que salta de maravilla, surca el aire como una golondrina, pero después acaba desolado en el polvo vacío, una nada. Tales pensamientos me amargan la visión de este hijo.

El quinto hijo es amable y bueno; prometía mucho menos de lo que ha cumplido; era tan insignificante que uno se sentía literalmente solo en su presencia; sin embargo, ha sido capaz de granjearse cierto reconocimiento. Si se me pregunta que cómo ha sucedido, apenas podría responder. Quizá sea la inocencia lo que más fácilmente se abre paso a través de la furia de los elementos de este mundo, e inocente es él. Tal vez demasiado inocente. Cordial con cualquiera. Tal vez demasiado cordial. Lo confieso: no me siento bien cuando alguien lo elogia delante de mí. Quiero decir que esto es convertir el elogio en algo demasiado fácil, puesto que se elogia a alguien que es tan evidentemente digno de elogio como mi hijo.

Mi sexto hijo parece, por lo menos a primera vista, el más profundo de todos. Parece alguien que siempre está en disposición de pensar y, sin embargo, es un charlatán. Por eso no es fácil tratar con él. Si lleva las de perder, cae en una tristeza imbatible; si las de ganar, lo disimula con charlatanería. Aun así, no dejo de concederle cierta pasión que le hace olvidarse de sí mismo; a plena luz del día mantiene una lucha con el pensamiento como en sueños. Sin estar enfermo—más bien tiene muy buena salud—, se tambalea a menudo, sobre todo al atardecer, pero no necesita ayuda, no se cae. Tal vez tenga la culpa de este fenómeno su desarrollo físico: es demasiado alto para su edad. Esto hace que sea feo en general, pese a evidentes detalles hermosos, por ejemplo, las manos y los pies. Fea es también su frente; tanto en la piel como en la forma de sus huesos está como arrugada.

El séptimo hijo me pertenece tal vez más que todos los otros. El mundo no sabe apreciarlo; no entiende su originalidad. No lo sobreestimo; lo sé, es bastante insignificante; si el mundo no tuviera otro fallo que el de no saber apreciarlo, sería perfecto. Pero dentro de la familia yo no quisiera prescindir de este hijo. Aporta tanto inquietud como respeto por la tradición, y une ambas cosas en un todo indiscutible, al menos así es como yo lo siento. Él mismo, sin embargo, es quien menos sabe qué hacer con ese todo; no pondrá en marcha la rueda del futuro; pero esta disposición suya es tan alentadora, tan esperanzadora; me gustaría que tuviera hijos y éstos más hijos. Por desgracia, parece que este deseo no se cumplirá. Con una presunción que hasta puedo entender, pero que igualmente me parece indeseable, y que ciertamente está en extraordinaria contradicción con el juicio de su entorno, se pasea él solo por todas partes, no se preocupa de las chicas y, pese a ello, nunca pierde su buen humor.

Mi octavo hijo es el niño de mis desvelos, y en realidad no sé cuál es el motivo. Me mira como a un extraño, sin embargo, me siento paternalmente muy unido a él. El tiempo ha arreglado muchas cosas; pero antaño a menudo me acometía un temblor sólo con pensar en mi hijo. Él sigue su propio camino; ha roto toda relación conmigo; y seguro que, con su cráneo duro, con su pequeño cuerpo atlético—sólo las piernas las tenía débiles de verdad cuando era un niño, pero esto es algo que ya se habrá subsanado entretanto—, se abrirá paso allá donde le plazca. A menudo he tenido ganas de volver a llamarlo, de preguntarle cómo está, por qué se aísla tanto de su padre y qué intenciones tiene, en suma, pero ahora él está tan lejos y ya ha pasado tanto tiempo que es mejor dejarlo todo como está. Oigo que él es el único de mis hijos que lleva una luenga barba; desde luego que esto no es bello en un hombre tan pequeño.

Mi noveno hijo es muy elegante y tiene esa mirada dulce destinada a las mujeres. Tan dulce que incluso en ocasiones hasta puede seducirme a mí, pese a que sé que basta literalmente una simple esponja húmeda para borrar todo ese brillo sobrenatural. Pero lo raro en este jovencito es que en absoluto tiene la intención de seducir; a él le bastaría con pasar su vida entera recostado en el canapé y perder su mirada en el techo de la habitación, o mucho mejor aún dejarla reposar bajo los párpados de los ojos. Si está en ese estado, que es su preferido, habla con gusto y no mal; conciso y expresivo; pero sólo en estrechos límites; si los sobrepasa, algo que no puede evitarse dada su estrechez, su discurso es completamente vacío. Uno le haría una seña de advertencia si tuviera la esperanza de que esa mirada llena de sueño fuera a notarla.

Mi décimo hijo pasa por ser de carácter insincero. No quiero negar del todo ese defecto, tampoco confirmarlo. Es seguro que quien desde lejos lo ve acercarse con esa gravedad que está muy por encima de su edad, siempre con la levita estrictamente abotonada, con el sombrero negro, viejo, pero pulcramente cepillado, con el rostro inmóvil, la barbilla algo prominente, los párpados pesadamente arqueados sobre los ojos, los dos dedos que de vez en cuando se lleva a la boca, quien así lo ve piense: éste es un inmenso hipócrita. Pero ¡óiganlo hablar! Juicioso; prudente; conciso; atajando preguntas con maliciosa viveza; en asombrosa armonía, obvia y jovial, con el mundo entero; una armonía que de manera necesaria hace tensar el cuello y alzar la cabeza. A muchos, que se creían muy listos y que, por esta razón, según ellos, se sintieron repelidos por su aspecto exterior, los ha atraído con fuerza mediante su palabra. Ahora bien, así y todo, hay gente a la que deja indiferente su aspecto exterior, pero su palabra le parece hipócrita. Yo, como padre, no quiero pronunciarme, sin embargo, debo confesar que, en todo caso, los últimos críticos son más dignos de tener en cuenta que los primeros.

Mi undécimo hijo es tierno, quizá el más débil de mis hijos; pero engaña en su debilidad; cierto que algunas veces puede ser fuerte y decidido; pese a ello, incluso entonces persiste esa debilidad subyacente. Pero no es una debilidad vergonzosa, sino algo que sólo en este mundo terrenal nuestro parece debilidad. Por ejemplo, ¿acaso no es también la debilidad de la preparación para el vuelo que, al fin y al cabo, es fluctuación, indeterminación y aleteo? Algo así muestra mi hijo. Naturalmente que al padre no le agradan tales características; es evidente que tienden a la destrucción de la familia. A veces me mira como si quisiera decirme: «Te llevaré conmigo, padre». Entonces pienso: «Eres el último en quien confiaría». Y su mirada parece decir otra vez: «Pues que por lo menos sea yo el último».

Éstos son los once hijos.

UN FRATRICIDIO

Está probado que el asesinato ocurrió de la siguiente manera.

Schmar, el asesino, se apostó a eso de las nueve de la noche, a la clara luz de la luna, en esa esquina de la calle donde Wese, la víctima, tenía que doblar viniendo del callejón en el que está su oficina para ir a ese otro callejón en el que residía.

Frío, el aire de la noche estremecía a cualquiera. Pero Schmar sólo tenía puesto un liviano traje azul; la chaqueta estaba además desabotonada. No sentía frío; también se mantenía constantemente en movimiento. Su arma homicida, medio bayoneta, medio cuchillo de cocina, la mantenía al descubierto, fuertemente aferrada por la empuñadura. Contempló el cuchillo a la luz de la luna; la hoja lanzó un destello; no fue suficiente para Schmar; golpeó con ella los adoquines del empedrado, que lanzaron chispas; quizá lo lamentó; y para reparar el daño, la pasó como si fuera el arco de un violín por la suela de su bota mientras se mantenía de pie con una sola pierna, inclinado hacia delante, con el oído atento al mismo tiempo al sonido del cuchillo y a la fatídica calle.

¿Por qué consentía todo esto el rentista Pallas, que lo observaba todo de cerca desde su ventana del segundo piso? ¡Misterios de la naturaleza humana! Con el cuello subido, bien ceñido a su ancho cuerpo el batín, miraba hacia abajo moviendo la cabeza.

Y cinco casas más allá, en diagonal frente a él, la señora Wese, la piel de zorro sobre su camisón, buscaba con la mirada a su marido, que hoy tardaba más de lo acostumbrado.

Por fin suena la campanilla de la puerta de la oficina de Wese—demasiado estridente para ser la campanilla de una puerta—por encima de la ciudad, hacia el cielo, y Wese, el aplicado trabajador nocturno, sale allí, en este callejón todavía invisible, sólo anunciado por la señal de la campanilla, de la casa; al punto cuenta el empedrado sus pasos tranquilos.

Pallas se inclina todavía más; no tiene que perderse nada. La señora Wese, tranquilizada por la campana, cierra ruidosamente su ventana. Pero Schmar se arrodilla; como en ese instante no tiene nada más al descubierto, aprieta el rostro y las manos contra las piedras; donde todo se hiela, arde Schmar.

Justo en el límite que separa las calles, Wese se detiene, sólo con el bastón se apoya en la otra calle. Un capricho. Lo ha atraído el cielo nocturno, el azul oscuro y el dorado. Ignorante lo mira, ignorante se atusa el pelo bajo el sombrero ligeramente alzado; nada se conjura allí en lo alto para predecirle el futuro más cercano; todo sigue en su lugar absurdo e insondable. En el fondo, es muy razonable que Wese siga caminando, pero camina hacia el cuchillo de Schmar.

«¡Wese!—grita Schmar, de puntillas, el brazo alzado, inclinando el cuchillo mordazmente—, ¡Wese! ¡En vano espera Julia!». Y por la derecha en el cuello, y por la izquierda en el cuello, y la tercera vez profundamente en el vientre, lo acuchilla Schmar. Las ratas de agua, cuando se las raja, emiten un sonido igual al de Wese.

«Hecho—dice Schmar, y arroja el cuchillo, ese superfluo lastre ensangrentado, contra la fachada más próxima—. ¡Dicha de matar! ¡Alivio, levedad alada por el fluir de la sangre ajena! Wese, vieja sombra nocturna, amigo, camarada en el banco de la cervecería, te desparramas en el oscuro suelo de la calle. ¿Por qué no eres simplemente una burbuja llena de sangre sobre la que yo me siente para que te esfumes del todo? No todo se cumple, no todos los sueños que florecen maduran, tus pesados restos yacen aquí, insensibles ya a cualquier patada. ¿A qué viene esa muda pregunta que formulas con ellos?».

Pallas, con todo el veneno bullendo en su cuerpo, se planta en la puerta de doble hoja de su casa, abierta de golpe. «¡Schmar! ¡Schmar! ¡Todo ha sido visto, nada ha pasado desapercibido!». Pallas y Schmar se examinan mutuamente. A Pallas lo satisface que Schmar no llegue a ninguna conclusión.

La señora Wese acude apresurada, rodeada por la muchedumbre, el rostro totalmente envejecido por el terror. El abrigo de piel se le abre, ella se arroja sobre Wese, a él le pertenece el cuerpo vestido con el camisón, el abrigo de piel que se cierra sobre los esposos como el césped de una tumba pertenece a la muchedumbre.

Schmar, reprimiendo con esfuerzo la última náusea, aprieta la boca contra el hombro del guardia que, con pasos ligeros, se lo lleva de allí.

UN SUEÑO

Josef K. soñó:

Era un hermoso día y K. quería dar un paseo. Pero apenas hubo dado dos pasos cuando se encontró en el cementerio. Había allí caminos muy artificiosos, entrelazados de una manera poco práctica, pero él se deslizó sobre un camino de ésos como si fuera una corriente de agua mientras mantenía imperturbable el equilibrio. Ya desde lejos le llamó la atención un túmulo funerario recién levantado, ante el que quería detenerse. Este túmulo lo atrajo casi como una tentación, y creyó no darse la prisa suficiente para llegar hasta él. Sólo a ratos veía el túmulo: se lo ocultaban banderas cuyas telas ondeaban y entrechocaban con mucha fuerza; no se veía a los portadores de las banderas, pero era como si allí reinase un gran júbilo.

Mientras todavía tenía puesta la vista en la lejanía, vio de repente el mismo túmulo junto a él, al lado del camino, ya casi detrás de él. Saltó rápidamente a la hierba. Puesto que el camino seguía fluyendo con rapidez bajo sus pies al saltar, se tambaleó y fue a caer de rodillas justo delante del túmulo. Dos hombres estaban detrás de la tumba y entre los dos sostenían una lápida funeraria en el aire; apenas apareció K., empujaron la lápida en la tierra y al punto quedó firmemente asentada. De inmediato apareció de entre unos setos un tercer hombre, en quien K. reconoció enseguida a un artista. Sólo vestía unos pantalones y una camisa mal abotonada; se cubría la cabeza con una gorra de terciopelo; en la mano sostenía un lápiz normal con el que, mientras se acercaba, iba trazando figuras en el aire.

Con ese lápiz comenzó a trabajar en la parte de arriba de la lápida; la lápida era muy alta, y no necesitó agacharse en absoluto, aunque sí tuvo que inclinarse, porque el túmulo, que no quería pisar, lo separaba de la losa. Así que se alzó de puntillas y, con la mano izquierda, se apoyó en la superficie de la lápida. Mediante una maniobra especialmente hábil, fue capaz de trazar letras de oro con el lápiz normal; escribió: «Aquí descansa...». Cada letra aparecía clara y bella, firmemente trazada y en oro puro. Cuando hubo escrito las dos palabras, se volvió a mirar a K.; muy ansioso por ver cómo proseguiría la inscripción, K. apenas se preocupaba por el hombre, sólo miraba la lápida. De hecho, el hombre se disponía a seguir escribiendo, pero no pudo, había algún tipo de impedimento, dejó caer el lápiz y volvió a girarse para mirar a K. Entonces también K. miró al artista y notó que éste estaba en un gran apuro, pero no podía decir la causa de ello. Toda su anterior vivacidad había desaparecido. También K. se sintió apurado; intercambiaron miradas impotentes; había allí un horrible malentendido que ninguno podía deshacer. A destiempo, comenzó a tañer entonces una pequeña campana de la capilla funeraria, pero el artista hizo un gesto con la mano alzada y cesó. Al poco rato, volvió a empezar; esta vez muy queda y, sin especial insistencia, cesó enseguida; era como si sólo quisiera probar su sonido. K. estaba desolado por la situación del artista, comenzó a llorar y sollozó largo rato entre las manos alzadas. El artista esperó hasta que K. se hubo serenado, y entonces se decidió, ya que no encontraba otra salida, a seguir escribiendo a pesar de todo. El pequeño primer trazo que hizo fue para K. una liberación, pero era evidente que el artista sólo lo había hecho con la más extrema renuencia; la escritura ya no era tan bella, sobre todo, parecía faltarle el oro, el trazo prosiguió apagado e inseguro, y la letra quedó demasiado grande. Era una J, y casi estaba ya terminada cuando el artista pateó furioso el túmulo e hizo saltar en el aire la tierra de alrededor. Por fin K. lo entendió; ya no había tiempo para pedirle perdón; con todos los dedos excavó en la tierra, que casi no opuso ninguna resistencia; todo parecía preparado; sólo para disimular, habían esparcido una fina capa de tierra; justo detrás de ella se abrió un gran agujero con paredes escarpadas, en el que K., vuelto de espaldas por una suave corriente, se hundió. Pero mientras que él abajo, la cabeza todavía erguida sobre la nuca, era engullido por la profundidad impenetrable, arriba corría raudo su nombre sobre la lápida con poderosos arabescos.

Embelesado por esta visión, se despertó.

UN INFORME PARA UNA ACADEMIA

¡Excelentísimos señores de la Academia!

Me han hecho ustedes el honor de invitarme para presentar a la Academia un informe sobre mi vida simiesca anterior.

En este sentido, no puedo, por desgracia, cumplir como es debido con el objeto de su invitación. Casi cinco años me separan ya de la condición simiesca, un tiempo corto tal vez si se mide con el calendario, pero infinitamente largo cuando, como yo, se ha recorrido al galope, acompañado a trechos por personas importantes, consejos, aplausos y música orquestal, pero en el fondo solo, pues toda compañía se mantuvo—para seguir con el símil—lejos de la barrera. Esta hazaña me hubiera sido imposible de haberme aferrado yo tozudamente a mi origen, a los recuerdos de juventud. Precisamente la renuncia a toda obstinación fue el primer mandamiento que me impuse; yo, mono libre, acepté este yugo. Pero con ello el acceso a los recuerdos se me fue cerrando cada vez más. Aunque al principio me fuera posible el retorno, si los hombres hubieran querido, a través de ese gran portón que el cielo forma sobre la tierra, éste fue haciéndose, a la par que mi fustigada evolución hacia delante, cada vez más bajo y más estrecho; me fui sintiendo más cómodo y más adaptado en el mundo de los hombres; la tormenta que, viniendo desde mi pasado, soplaba a mis espaldas, se calmó; hoy es tan sólo una leve brisa que me refresca los talones; y el agujero lejano a través del que me llega, y a través del cual vine un día, se ha empequeñecido tanto que yo, si es que tuviera las fuerzas suficientes y la voluntad para volver corriendo hasta allí, me arrancaría el pellejo del cuerpo si quisiera atravesarlo. Hablando con franqueza, pese a que me guste elegir metáforas para estas cosas, hablando con franqueza: su condición simiesca, señores míos, en caso de que tengan algo parecido en su pasado, no puede quedar más lejos de ustedes de lo que de mí queda la mía. En el talón, sin embargo, le hace cosquillas a todo aquel que camina sobre la tierra: al pequeño chimpancé tanto como al gran Aquiles.

Ahora bien, en un sentido extremadamente limitado, tal vez sí que pueda contestar a su pregunta, y hasta lo haré con gran alegría. Lo primero que aprendí fue a estrechar la mano; estrechar la mano es signo de franqueza; que se sume hoy, cuando estoy en la cumbre de mi carrera, a aquel primer apretón de manos también mi palabra sincera. A la Academia esto no le aportará nada esencialmente nuevo y quedará muy por debajo de lo que se me ha pedido y que con mi mejor voluntad soy incapaz de decir, aun así, deberá mostrar la regla mediante la que uno que fue simio penetró y se asentó firmemente en el mundo de los hombres. Ahora bien, no me sería lícito contarles las insignificancias que siguen si yo no estuviera totalmente seguro de mí mismo, y si mi posición en todos los grandes teatros de variedades del mundo civilizado no se hubiera consolidado hasta lo inconmovible.

Yo provengo de la Costa de Oro. Para saber cómo fui capturado, dependo de informes ajenos. Una expedición de caza de la compañía Hagenbeck—por cierto, que con el jefe he vaciado desde entonces unas pocas buenas botellas de vino tinto—estaba al acecho emboscada en los arbustos de la orilla cuando, al atardecer, en medio de una manada, corrí al abrevadero. Dispararon; fui el único al que le dieron; recibí dos disparos.

Uno en la mejilla; éste fue leve, pero me dejó una gran cicatriz roja y pelada que me ha valido el nombre repugnante y absolutamente inexacto, literalmente inventado por un mono, de *Rotpeter*,[1] como si únicamente me diferenciase de ese mono amaestrado que reventó hace poco, conocido aquí y allá, llamado *Peter*, sólo por la mancha roja en la mejilla. Dicho sea todo esto de paso.

El segundo disparo me alcanzó debajo de la cadera. Fue grave, y tiene la culpa de que todavía hoy cojee un poco. Recientemente leí esto en un artículo escrito por alguno de esos diez mil fanfarrones que en los periódicos se explayan contra mí: mi naturaleza simiesca no ha sido reprimida totalmente; prueba de ello es que, cuando vienen visitas, me quito los pantalones con complacencia para enseñarles el lugar por el que entró aquel disparo. A ese tipo deberían volarle a tiros uno a uno los deditos de la mano con que escribe. Yo puedo quitarme los pantalones delante de quien a mí me dé la gana; allí no se encontrará nada más que un pelaje bien cuidado y la cicatriz que dejó—elijamos aquí para un propósito determinado una palabra precisa, pero que no que-

[1] Pedro el Rojo. (*N. del T.*)

remos que sea malentendida—... la cicatriz que dejó un disparo criminal. Todo está al descubierto; no hay nada que ocultar; cuando se trata de la verdad, cualquier persona noble deja a un lado los modales más refinados. Si, por el contrario, fuera ese escribano quien se quitara los pantalones, cuando llegasen las visitas, el asunto tomaría otro cariz muy distinto, y quiero suponer como un signo de sensatez el que no lo haga. ¡Pero entonces que también él deje de atosigarme con sus gazmoñerías!

Después de aquellos disparos me desperté—y aquí comienza poco a poco mi propio recuerdo—en una jaula, en el entrepuente de un vapor de la compañía Hagenbeck. No era una jaula con rejas a los cuatro costados; más bien sólo eran tres caras enrejadas clavadas en una caja; así que la caja conformaba la cuarta pared. El conjunto era demasiado bajo para estar de pie y demasiado estrecho para estar sentado. Por eso tenía que ponerme en cuclillas con las rodillas dobladas, que temblaban constantemente, y además, como al principio yo no quería probablemente ver a nadie y sólo quería permanecer siempre en la oscuridad, estaba vuelto de cara a la caja, mientras que los barrotes de la reja se me clavaban en la espalda. Se considera muy ventajosa este tipo de custodia de animales salvajes al principio, y hoy, después de mi experiencia, no puedo negar que, desde el punto de vista humano, efectivamente éste es el caso.

Pero entonces no pensé en ello. Por primera vez en mi vida yo me encontraba sin salida; por lo menos delante de mí no había ninguna; justo enfrente de mí estaba la caja, firmemente ensamblada, tabla con tabla. Cierto que entre las tablas había una rendija transversal a la que, cuando la descubrí por primera vez, saludé con el bendito aullido de la inconsciencia, pero esa rendija no servía ni de lejos para que pudiera estirar la cola, y ni con toda la fuerza simiesca era posible ensancharla.

Por lo visto, tal y como se me dijo más tarde, yo hice menos ruido de lo que suele ser normal, de lo que se dedujo que o perecería pronto o, en caso de que lograra sobrevivir a ese primer tiempo crítico, sería muy apto para ser amaestrado. Sobreviví a aquel tiempo. Sollozar quedamente, dolorosa búsqueda de pulgas, lamer cansinamente una nuez de coco, golpear con el cráneo la pared de la caja, sacar la lengua cuando alguien se me acercaba: éstas fueron las primeras ocupaciones en la nueva vida. Pero en todo ello tan sólo esa única sensación: no hay salida. Naturalmente, hoy sólo puedo reproducir con palabras de humano lo que en aquella época sentía como simio y por lo tanto lo tergiverso, pero aunque no pueda alcanzar ya la vieja verdad simiesca, por lo menos mi relato apunta en esa dirección, de eso no cabe la menor duda.

Sí que es verdad que hasta entonces yo había tenido muchas salidas, y de pronto ninguna. Estaba atascado. Si me hubieran inmovilizado con clavos, mi libertad de acción no hubiera sido menor por ello. ¿Y esto por qué? Ráscate la carne entre los dedos de los pies hasta hacerte sangre, que no encontrarás la razón. Aprieta la espalda contra los barrotes de la reja hasta que casi te partan en dos, que no encontrarás la razón. Yo no tenía ninguna salida, pero tenía que encontrar una, porque sin ella no podía vivir. De continuar de cara a aquella pared de la caja habría terminado por reventar sin remedio. Pero en la compañía Hagenbeck los monos pertenecen a la pared de la caja, así que dejé de ser un mono. Un razonamiento claro y hermoso que de alguna manera debí concebir con la barriga, puesto que los monos piensan con la barriga.

Tengo miedo de que no se comprenda correctamente lo que yo entiendo por salida. Empleo la palabra en su sentido más común y pleno. No digo libertad intencionadamente. No me refiero a ese sentimiento de libertad hacia todas partes. Como mono, quizá la conocí y he conocido humanos que la anhelaban. En lo que a mí concierne, ni entonces exigí libertad ni la exijo ahora. Dicho sea de paso: los humanos se engañan muy a menudo con la libertad. Y así como la libertad se cuenta entre los sentimientos más sublimes, así de sublime es también el engaño correspondiente. A menudo he visto en los teatros de variedades, antes de mi entrada en escena, a alguna de esas parejas de artistas, arriba en el techo, maniobrando en los trapecios. Se lanzaban, se balanceaban, saltaban, se mecían uno en los brazos del otro, uno sujetaba al otro por el pelo con los dientes. «También esto es la libertad de los humanos», pensé, «el pleno dominio del movimiento». ¡Tú, burla de la santa naturaleza! Ningún edificio aguantaría en pie las carcajadas del mundo de los monos ante semejante visión.

No, yo no quería libertad. Sólo una salida; a derecha, a izquierda, a donde fuera; no tenía más pretensiones; aunque la salida sólo fuera también un engaño; la pretensión era pequeña, así que el engaño tampoco habría de ser más grande que ella. ¡Avanzar, avanzar! Nada de quedarse quieto con los brazos levantados, pegado a la pared de un cajón.

Hoy lo veo claro: sin una calma interior suprema, jamás hubiera podido escapar. Y, efectivamente, quizá todo lo que he llegado a ser tenga que agradecérselo a esa calma que me sobrevino una vez pasados los primeros días en el barco. Aunque es cierto, sin embargo, que la calma tenía que agradecérsela a la gente del barco.

Son buenos hombres, a pesar de todo. Todavía hoy recuerdo con agrado el sonido de sus pesados pasos, que entonces resonaban en mi duermevela. Tenían la costumbre de hacer todo con lentitud extrema. Si uno quería frotarse los ojos, alzaba la mano como si fuera un peso muerto. Sus bromas eran groseras, pero cordiales. Su risa estaba siempre mezclada con una tos que sonaba peligrosa pero que era insignificante. Siempre tenían en la boca algo para escupir y adónde lo escupían les era indiferente. Siempre se quejaban de que mis pulgas les saltaban encima, pero nunca se enfadaron en serio conmigo por eso; sabían, desde luego, que en mi piel se criaban pulgas, y que las pulgas son saltadoras; eso les bastaba. Cuando no estaban de servicio, algunos de ellos se sentaban delante de mí formando un semicírculo; apenas hablaban, tan sólo se arrullaban entre sí; fumaban en pipa estirados sobre cajas; se palmeaban las rodillas en cuanto yo hacía el más mínimo movimiento; y de cuando en cuando uno cogía una varita y me hacía cosquillas donde más me gustaba. Si hoy me invitaran a tomar parte en un viaje en ese barco, ciertamente declinaría la invitación, pero es igualmente cierto que no sólo son recuerdos horribles los que yo podría evocar allí en el entrepuente.

La calma que adquirí en el círculo de esa gente me hizo descartar ante todo cualquier intento de fuga. Según lo veo hoy, me parece como si al menos yo hubiera intuido que tenía que encontrar una salida, si es que quería vivir, pero que esa salida no era alcanzable por medio de la fuga. Ya no me acuerdo de si la fuga era posible, pero lo creo; a un mono siempre debe de serle posible la fuga. Con mis dientes actuales debo tener cuidado hasta de cascar nueces, pero entonces habría tenido que ser capaz, con el paso del tiempo, de morder el cerrojo de la puerta hasta romperlo. No lo hice. ¿Qué hubiera ganado con eso? Apenas hubiera asomado la cabeza, me habrían cazado de nuevo y encerrado en una jaula todavía peor; o hubiera podido huir sin que nadie lo notara donde los otros animales, acaso donde las serpientes gigantes, situadas enfrente de mí, y expirar en sus abrazos; o tal vez hubiera logrado escurrirme hasta cubierta y saltar por la borda, entonces me hubiera mecido un instante en el océano y me habría ahogado. Actos desesperados. Yo no calculaba de manera tan humana, pero bajo el influjo de mi entorno me comportaba como si hubiera calculado.

Yo no calculaba, pero bien que observaba con toda calma. Veía a esos hombres ir de acá para allá, siempre los mismos rostros, los mismos movimientos, a menudo me parecía como si sólo fueran uno. Ese hombre o esos hombres, desde luego, se movían sin trabas. Comencé a vislumbrar un propósito supremo. Nadie me prometía que, si yo llegase a ser como ellos, me levantarían la reja. No se hacen promesas semejantes para desempeños que parecen imposibles. Pero si se cumple con esos desempeños, aparecen en retrospectiva las promesas justo allí en donde antes se las buscó en vano. Ahora bien, en sí nada había en aquellos hombres que me atrajera mucho. Si yo fuera un adepto de esa libertad mencionada, seguro que habría preferido el océano a la salida que se me mostraba en la turbia mirada de esos hombres. Pero, en todo caso, ya llevaba observándolos desde hacía mucho tiempo antes de que pensase en tales cosas, sí, las observaciones acumuladas me impulsaban en la dirección que acabé tomando.

Era muy fácil imitar a la gente. Escupir pude hacerlo ya en los primeros días. Luego nos escupíamos unos a otros en la cara; la única diferencia era que después yo podía limpiar mi rostro lamiéndolo con la lengua, y ellos el suyo no. La pipa pronto la fumé como un viejo; si además después apretaba la cazoleta de la pipa con el pulgar, el entrepuente entero se partía de risa; sólo la diferencia entre la pipa cargada y la vacía tardé mucho en entenderla.

Lo que más esfuerzo me costó fue la botella de aguardiente. El olor me repugnaba; me obligué con todas mis fuerzas; pero pasaron semanas hasta que logré sobreponerme. La gente se tomaba estas luchas internas sorprendentemente más en serio que cualquier otra cosa en mí. Tampoco es que distinga a la gente en mi recuerdo, pero allí había uno que siempre volvía, solo o con camaradas, de día, de noche, a las horas más diversas; se plantaba delante de mí con la botella y me daba lecciones. Él no me comprendía, quería descifrar el enigma de mi ser. Descorchaba lentamente la botella y después me miraba para comprobar si yo había entendido; lo confieso, yo siempre lo miraba fijamente con una atención salvaje y precipitada; un discípulo humano así no lo encuentra en toda la redondez de la Tierra ningún maestro humano; después de que la botella estuviera descorchada, se la llevaba a la boca; yo lo seguía con mis miradas hasta el gaznate; él asiente, satisfecho conmigo, y se lleva la botella a los labios; yo, encantado de tan paulatino conocimiento, me rasco a lo largo y lo ancho chillando, en donde sea; él se regocija, empina la botella y da un trago; yo, impaciente y desesperado por imitarlo, me ensucio en mi jaula, lo que otra vez le causa una gran satisfacción; y entonces, alejando mucho de sí la botella, y haciendo otra vez el gesto de empinarla, echándose para atrás con exagerada pedagogía, la vacía de un trago. Yo, extenuado por el deseo excesivo, no puedo seguirlo más y me cuelgo débilmente de la reja, mientras él, terminada con esto la lección teórica, se acaricia la barriga y esboza una media sonrisa.

Sólo entonces comienza el ejercicio práctico. ¿Acaso no estoy ya demasiado agotado por el teórico? Desde luego, demasiado agotado. Esto es parte de mi destino. Pese a ello, agarro lo mejor que puedo la botella que me alarga; la descorcho temblando; este logro me renueva poco a poco las fuerzas; alzo la botella, sin que apenas difiera ya mi gesto del original; la pongo en posición... y la arrojo con asco, con asco, pese a que está vacía y tan sólo le queda el olor, la arrojo con asco al suelo. Para tristeza de mi maestro, para mayor tristeza de mí mismo; ni a él ni a mí nos reconcilia que después de arrojar la botella no olvide acariciarme la barriga espléndidamente y sonreír.

Muy a menudo era así como transcurría la lección. Y en honor de mi maestro, debo decir que no se enojaba conmigo; si bien alguna vez me aplicaba la pipa encendida al pelaje, en alguna parte a la que yo difícilmente llegaba, hasta que empezaba a chamuscarse, pero luego él mismo la apagaba con su mano enorme y bondadosa; no se enojaba conmigo, bien veía él que ambos luchábamos en el mismo bando contra la naturaleza simiesca, y que a mí me tocaba la parte más dura.

Por eso, qué gran victoria tanto para él como para mí fue cuando una noche, ante un gran círculo de espectadores—tal vez había una fiesta, sonaba un gramófono, un oficial se paseaba entre la gente—... cuando esa noche, precisamente inadvertido, agarré una botella de aguardiente que había quedado por descuido delante de mi jaula, bajo la creciente atención de la concurrencia la descorché con escolar corrección, me la llevé a la boca y, sin titubear ni hacer muecas, como un bebedor consumado, con los ojos desorbitados, ansiosa la garganta, realmente y en verdad la apuré hasta la última gota; arrojé la botella no ya como un desesperado, sino como un artista; es cierto que me olvidé de acariciarme la barriga; pero en cambio, porque no podía evitarlo, porque me urgía, porque me hervían los sentidos, grité lacónicamente y bien «¡Hola!», expresado con voz humana, con ese grito salté a la comunidad de los hombres y su eco: «¡Pero oíd, habla!». Lo sentí como un beso en mi cuerpo entero chorreante de sudor.

Lo repito: no me atraía imitar a los hombres; los imitaba porque buscaba una salida, por ninguna otra razón. Tampoco había logrado mucho con aquella victoria. La voz volvió a fallarme otra vez enseguida; la recuperé muchos meses después; el asco por la botella de aguardiente volvió incluso reforzado. Pero mi dirección, desde luego, se me concedió de una vez para siempre.

Cuando en Hamburgo me entregaron al primer domador, reconocí enseguida las dos posibilidades que se me abrían: el parque zoológico o el espectáculo de variedades. No vacilé. Me dije: «Intenta con todas tus fuerzas entrar en el espectáculo de variedades; ésa es la salida; el parque zoológico sólo es una nueva jaula; si te metes en él, estás perdido».

Y aprendí, señores míos. ¡Ay! Se aprende cuando es necesario; se aprende cuando se quiere una salida; se aprende sin reticencia. Uno se vigila a sí mismo con el látigo; uno se tritura a sí mismo ante la menor resistencia. La naturaleza simiesca me abandonó y se alejó rodando, de tal modo que mi primer maestro a cuenta de ello casi se volvió mono, pronto abandonó las lecciones y tuvieron que ingresarlo en un manicomio. Por fortuna, salió pronto.

Pero yo consumí muchos maestros, e incluso algunos maestros al mismo tiempo. Cuando estuve más seguro de mis capacidades, el público seguía mis progresos, mi futuro comenzó a iluminarse, yo mismo escogí a mis maestros, los coloqué en cinco habitaciones contiguas y aprendí con todos a la vez saltando constantemente de una habitación a otra.

¡Qué progresos! ¡Qué penetración de los rayos del saber por todas partes en el cerebro que despierta! No lo niego: aquello me hacía feliz. Pero también confieso que no lo sobreestimaba, ni entonces ni mucho menos hoy. Por medio de un esfuerzo que hasta ahora no se ha repetido en la Tierra he alcanzado la educación media de un europeo. Tal vez esto no sea absolutamente nada en sí mismo, pero sí que es algo en la medida en que me ayudó a salir de la jaula y me procuró esa salida especial, esa salida humana. Hay un extraordinario dicho alemán: escabullirse entre los matorrales; eso es lo que yo he hecho, me he escabullido entre los matorrales. No tenía otro camino, siempre asumiendo que no era posible elegir la libertad.

Si miro en retrospectiva mi evolución y su objetivo hasta ahora, ni me quejo ni me doy por satisfecho. Las manos en los bolsillos del pantalón, la botella de vino sobre la mesa, a medias me tumbo, a medias me siento, en la mecedora y miro por la ventana. Si viene una visita, la recibo como es debido. Mi empresario se sienta en la antesala; si toco el timbre, viene y oye lo que tengo que decirle. Por la tarde casi siempre hay función, y obtengo éxitos casi insuperables. Llego a casa a altas horas de la noche de banquetes, de las sociedades científicas, de agradables reuniones con amigos, me espera una pequeña chimpancé medio amaestrada con la que a la manera simiesca disfruto de momentos agradables. De día no quiero verla, pues tiene en la mirada la demencia del animal amaestrado y confuso; sólo yo me doy cuenta de ello y no puedo soportarlo.

En cualquier caso, en general he alcanzado lo que quise alcanzar. No se diga que no mereció la pena. Por lo demás, no quiero el juicio de los hombres, sólo quiero divulgar conocimientos, sólo informo, también a ustedes, excelentísimos señores de la Academia, sólo les he informado.

EPÍLOGO

FRANZ KAFKA Y «UN MÉDICO RURAL»

El destino de Kafka fue transmutar las circunstancias y las agonías en fábulas. Redactó sórdidas pesadillas en un estilo limpio. No en vano era lector de las Escrituras y devoto de Flaubert, de Goethe y de Swift. Era judío, pero la palabra *judío* no figura, que yo recuerde, en su obra. Ésta es intemporal y tal vez eterna.

JORGE LUIS BORGES,
Biblioteca personal

El 12 mayo de 1920 vio la luz un nuevo volumen de la editorial Kurt Wolff (Múnich y Leipzig) titulado *Un médico rural. Pequeños relatos*, de Franz Kafka.[1] Llevaba impresa la fecha de 1919. Los

[1] Para la presente edición de *Un médico rural* he tenido en cuenta las dos ediciones facsímiles cuyos datos doy a continuación. La primera: *Ein Landarzt, Faksimilenachdruck der Erstausgabe des Buchdrucks von 1920* (fac-

catorce relatos que contenía, algunos muy breves, databan en su mayoría de los últimos meses de 1916 y los primeros de 1917. En el verano de este mismo año Kafka los envió a la editorial, donde fueron acogidos con alborozo, porque a Kurt Wolff, el editor, le gustaba lo que Kafka escribía, y le había pedido los textos con insistencia. La Gran Guerra y sus nefastas secuelas económicas, que afectaron al negocio de los libros, además de algunas negligencias por parte de los editores durante el proceso de edición, fueron las causas de que el libro tardase tanto tiempo en ver la luz.

---

símil de la primera edición de 1920), ed. e introd. Roland Reuß, Múnich y Leipzig, Kurt Wolff. Este título constituye un suplemento de la edición histórico-crítica de las obras completas de Kafka: *Franz Kafka-Ausgabe* (FKA), ed. Roland Reuß & Peter Staengle, Fráncfort del Meno, Stroemfeld, 2006. Y la segunda: Franz Kafka, *Ein Landarzt. Kleine Erzählungen*, ed. Joseph Kiermeier-Drebe, Múnich, DTV, 2008. Como base para la presente traducción, utilizo el texto: «Ein Landarzt. Kleine Erzählungen», en: *Franz Kafka Drucke zu Lebzeiten* ('Las obras que Kafka publicó en vida'), ed. Hans-Gerd Koch, Wolf Kittler y Gerhard Neumann, Fráncfort del Meno, Fischer, 1994, pp. 251-313.

El volumen llevaba la dedicatoria: «A mi padre».

Por aquellas fechas, Franz Kafka no era un autor completamente desconocido. La misma editorial acababa de publicar *En la colonia penitenciaria*, un relato largo y cruel, concebido en los albores de la Primera Guerra Mundial, pero que sólo pudo ver la luz terminada la contienda. Otros dos relatos, *El fogonero* y *La transformación*, igualmente publicados por Wolff, habían alcanzado sus segundas ediciones (en 1916 y en 1918, respectivamente), y el relato breve *La condena* vería también una segunda edición en 1920. Estos libros no habían hecho «popular» a su autor, pero sí lo habían sacado del anonimato. Kafka era un escritor para un público minoritario. Los críticos querían encasillarlo en alguna de las corrientes literarias de la modernidad, el expresionismo, por ejemplo, pero les resultaba imposible; en nada se parecían sus relatos a los de escritores de moda, como Franz Werfel o el propio Max Brod, gran amigo de Kafka, además del primer y más ferviente impulsor de su literatura.

Kurt Wolff estaba dotado de un fino gusto para lo nuevo, y desde que Brod le presentara a Kafka en 1912, en Leipzig, se sintió atraído por la personalidad del enigmático autor y por lo singular de su mundo literario. Kafka era muy humilde con sus escritos y casi había que rogarle que los publicara; eso hizo Wolff, así que publicar los extraños libros del escritor praguense respondía más a un capricho de editor que al verdadero interés de los lectores.

El 3 de julio de 1917, Kurt Wolff escribía a Kafka: «Para mi gran alegría, he podido inferir de una reciente carta de Max Brod que ha estado Vd. trabajando en toda suerte de cosas nuevas [...] ¿Querría Vd. concederme el gran placer de enviarme una copia a máquina de sus nuevos trabajos?».[1] Kafka respondió a vuelta de correo, contento con la propuesta: «Le envío una parte de lo aprovechable de este período, trece piezas en prosa. Están muy lejos de lo que realmente quiero».[2]

Kafka rara vez se sentía satisfecho con sus escritos. De su relato más emblemático, *La trans-*

[1] «Kurt Wolff a Franz Kafka, 3 de julio de 1917», en: K. Wolff, *Autores, libros, aventuras. Observaciones y recuerdos de un editor, seguidos de la correspondencia del autor con Franz Kafka*, trad. Isabel García Adánez, Barcelona, Acantilado, 2010, p. 180.

[2] *Id.*

formación, pensaba que no estaba todo lo pulido y trabajado que debería estar; tampoco quedó conforme con el resultado de *En la colonia penitenciaria*; a Wolff, que estaba ilusionado con dar a conocer esta historia espeluznante, le dijo que nunca se decidiría a publicarla por iniciativa propia, por la sencilla razón de que «en alguna parte [del relato] hay un gusano que roe el interior y torna hueca la historia, por redonda que parezca».[1] La insatisfacción de Kafka fue aún más notoria con su novela *El desaparecido*; trabajó en ella intensamente entre 1911 y 1914, pero sólo quedó satisfecho con el primer capítulo, que vio la luz como libro independiente bajo el título de *El fogonero*. Y en lo que se refiere a su segunda novela, *El proceso*, considerada hoy una de las obras más representativas del siglo XX, Kafka la dejó completamente abandonada tras haber escrito los capítulos más importantes; Max Brod, convencido de la valía de la novela, le pidió el manuscrito a Kafka para guardarlo, ante el temor de que su amigo fuera a destruirlo, y gracias a él se salvó para la posteridad. Kafka se lo en-

[1] Franz Kafka a Kurt Wolff, 1.° de septiembre de 1917, en *ibid.*, p. 184.

tregó, divertido con el extravagante deseo de su amigo, cuando él mismo ya había perdido el interés en continuar con la historia del acusado Josef K.

Aunque Kafka asegurase a Wolff que no estaba satisfecho del todo con sus relatos, lo cierto es que el grado de insatisfacción no le impidió ilusionarse con la idea de su posible publicación. Kafka había escrito mucho desde mediados de 1916, vivía desde entonces uno de sus períodos creativos, después de más de un año de apatía productiva. Sus cuadernos de notas, los célebres «cuadernos en octavo» A, B, C y D, que se han conservado, dan fe del laborioso quehacer de Kafka. Son cientos de páginas escritas con letra menuda y apretada, en las que se dan cita esbozos, historias empezadas e historias terminadas o a medio terminar; constituyen un desordenado cajón de sastre con intentos y logros; y de entre todo ello Kafka extrajo la mayoría de los relatos que finalmente envió a la editorial Kurt Wolff, las prosas que tras un duro examen crítico obtuvieron su beneplácito.

Kafka pasaba los años de la Gran Guerra (1914-1918) prácticamente confinado en Praga, su ciudad natal. Judío de nacimiento y de habla alemana, después de obtener el título de doctor en Derecho, trabajaba como especialista en leyes en el Instituto de Seguros de Accidentes de Trabajo del Reino de Bohemia. Debido al puesto de gran responsabilidad que ocupaba, sus superiores consideraron oportuno liberarlo de sus obligaciones militares para con el gran Imperio austrohúngaro del que era súbdito. El aplicado funcionario —Kafka ejercía muy bien su trabajo, pese a que lo detestaba—tenía que hacerse cargo del asesoramiento de los trabajadores que habían sufrido accidentes en el desempeño de su labor, y se ocupaba, además, de tramitar las indemnizaciones que correspondían a los heridos de guerra, que acudían en tropel al instituto.

Aunque contaba treinta y cuatro años en 1917, Kafka estaba soltero y miraba con algo de pavor la futura unión matrimonial con su prometida, Felice Bauer, con la que mantenía una relación casi exclusivamente epistolar desde 1912. Vivía en casa de sus padres, y su mayor ilusión consistía en aislarse en su cuarto y escribir. Éste era en realidad el oficio al que anhelaba consagrar su vida, aunque no fuera una ocupación «práctica» desde el punto de vista crematístico. A Felice le había dicho que su única esencia e ilusión era la literatura: «todo yo soy literatura», le aseguraba; y que cualquier otra ocupación en la vida le resultaba extraña y secundaria.

Kafka escribía desde hacía años, anotaba sus fantasías, esbozaba relatos e historias y terminaba pocas. Un caso especial lo constituyó el breve relato *La condena*, escrito de un tirón la noche del 22 al 23 de septiembre de 1912; Kafka se sintió en éxtasis aquella noche, y anotó al respecto: «Sólo así es posible escribir, sólo con esa cohesión, con total apertura del cuerpo y del alma».[1] Pero esto no le sucedía cuando se trataba de historias de mayor envergadura; *La transformación* tuvo que escribirla a lo largo de tres semanas entre quejas constantes por no hallar la paz para entregarse a su labor creadora tal y como a él le gustaría; se hallaba molesto con la familia y con

[1] Véase al respecto Franz Kafka, *«La condena» y «El fogonero»*, epílogo y trad. Luis Fernando Moreno Claros, Barcelona, Acantilado, 2018, pp. 85 y ss.

las demás ocupaciones desestabilizadoras que se entrometían en su arte y le recordaban el sometimiento a la gris realidad cotidiana.

Desde hacía años, Kafka consagraba a su tarea literaria buena parte de sus horas de sueño nocturno, porque durante el día debía acudir al Instituto de Seguros de Accidentes de Trabajo; por las tardes descansaba un poco y salía a pasear por Praga, o cuando el tiempo lo permitía, se iba a nadar al Moldava; sólo le quedaban las horas de la noche para entregarse a su ocupación predilecta y vital. Necesitaba absoluto silencio para crear. Un breve apunte de Kafka publicado en 1912 en la revista *Herderblätter* ironizaba sobre el ruido que lo asediaba incluso estando en su cuarto en casa de sus padres, ¡por eso tenía que escribir por las noches!:

GRAN RUIDO

Estoy sentado en mi habitación, en el cuartel general del ruido de la vivienda entera. Oigo cerrar de golpe todas las puertas; mediante su ruido sólo se me ahorran las pisadas de quienes pasan corriendo entre ellas, pero aun así todavía oigo el golpeteo de las puertas del horno al cerrarse en la cocina. Padre irrumpe por las puertas de mi habitación y la atraviesa arrastrando su albornoz de noche; en la habitación de al lado raspan las cenizas de la estufa; Valli pregunta, a través de la antesala, gritando cada palabra, si ya se ha limpiado el sombrero de padre; un chistar que quiere ser amigable para conmigo eleva aún más los gritos de una voz que responde. Llaman al timbre de la puerta de la vivienda y el ruido parece el de una garganta acatarrada; se abre después con el cantar de una voz femenina y se cierra al fin con un seco y varonil portazo que resuena de la manera más despiadada. Padre se ha ido, ahora empieza el ruido más suave, más disperso y desesperanzado, liderado por el canto de los dos canarios. Ya anteriormente pensé—y con los canarios se me ocurre de nuevo—si no debería abrir la puerta hasta dejar una pequeña rendija, e igual que una serpiente deslizarme hasta la habitación de al lado y de este modo, desde el suelo, pedirles a mi hermana y a su señorita silencio.[1]

Esto era así en 1912. En el infausto verano de 1914, justo al comienzo de la Primera Guerra Mundial, Kafka disfrutó de cierta soledad en el piso de su segunda hermana, Valerie (Valli), que se había mudado fuera de la ciudad, a casa de sus suegros por tiempo indefinido. Él había ce-

[1] Traducción propia.

dido su ruidoso cuarto a la mayor de sus hermanas: Gabriele (Elli). En aquella quietud sin familia, Kafka disfrutó de uno de sus períodos de felicidad creadora: comenzó a redactar *El proceso*, y entre capítulo y capítulo escribió «En la colonia penitenciaria»; una historia inspirada en aquellos tiempos tormentosos de los albores de la guerra y en el horror del colonialismo. También volvió a trabajar en su novela *El desaparecido.*

A este período de soltura literaria siguieron unos meses de abatimiento personal e intenso trabajo profesional. Kafka se mostró más apático con su literatura. Su relación con Felice tampoco avanzaba; la guerra y el forzoso confinamiento en Praga (las fronteras estaban cerradas y no se podía viajar a ninguna parte) disminuyeron el interés afectivo de los amantes. Todo intento creativo resultaba vano, hasta que en los meses del otoño de 1916 y el invierno de 1917 volvió ese estado de exaltación literaria en el que Kafka pudo ser la persona que quería ser: un escritor; un hombre volcado en convertir en literatura sus fantasías, el mundo real transformado en universo imaginario.

A partir de noviembre de 1916 Kafka disfrutó de cierta soledad para escribir y, además, en un lugar emblemático de Praga: el célebre callejón del Oro, conocido también como calle de los Alquimistas. Allí, en el barrio alto de la ciudad, en la parte nororiental del castillo de Praga, el emperador Rodolfo II de Habsburgo mandó edificar en el siglo XVI unas casas minúsculas para albergar a sus guardias reales y sus familias. Más tarde, cuenta la leyenda que allí se instalaron alquimistas de la corte en busca de la fórmula mágica para fabricar oro. En tiempos de Kafka, vivían en esas casas personas de condición humilde. La casualidad quiso que Ottla, la hermana pequeña de Kafka y, según él, su «favorita», consiguiera alquilar una de aquellas casas con el propósito de disfrutar también ella misma de algo de libertad fuera de la familia; por otra parte, necesitaba un lugar tranquilo para verse con su novio, que por aquel entonces había sido movilizado y prestaba servicio en el ejército. Los padres no sabían nada de la relación de su hija, al contrario que Kafka, que estaba al tanto de los «secretos» de su hermana.

Como los encuentros entre los amantes eran

escasos, Ottla ofreció a su hermano esta casita para que pudiera aislarse allí unas cuantas horas al día y consagrarse en paz a la escritura.

Por aquella época Kafka no dormía en el domicilio paterno, había alquilado una habitación en la Lange Gasse, pero tampoco allí encontraba el anhelado silencio tan necesario para la concentración que requería su escritura. Tenía que esperar hasta bien entrada la noche, cuando cesaban los ruidos de los vecinos, para ponerse manos a la obra. La morada que le ofrecía su hermana era idónea, constaba de una sola habitación y una gran estufa, una mesa y algunas sillas, y tenía por vecino a un anciano que no emitía ningún ruido; poco más necesitaba Kafka para encontrarse a salvo. Desde noviembre hasta bien entrado febrero de 1917, cada tarde se llevaba allí lápiz y cuaderno y dejaba volar la fantasía. La casita era «la celda monacal de un verdadero poeta», según observó Max Brod en su diario, tras una visita al minúsculo refugio. En la calle de los Alquimistas nacieron la mayoría de los relatos de *Un médico rural.* El inmueble tenía el número 22, que conserva en la actualidad. Hoy es uno de los lugares más visitados de Praga. Su interior alberga una librería.

Kafka pasaba horas en el pequeño habitáculo. Más o menos a diario, una vez terminada la comida familiar en casa de los padres, se desplazaba dando un paseo hasta la calle de los Alquimistas, y allí permanecía a veces hasta bien entrada la noche, sobre todo en invierno, cuando la casa estaba gratamente caldeada por la estufa de carbón.

Según Reiner Stach y otros estudiosos de la obra de Kafka, los relatos creados en la pequeña celda monacal alquímica son absolutamente distintos a los anteriores. Kafka desplegó en su tarea de creador un alarde de personalidad e imaginación como nunca había demostrado. Afianzó verdaderamente su estilo, y plasmó su mundo interior con una originalidad sin igual. Gracias a la discutida intervención editorial de Brod, después de la muerte de Kafka salieron a la luz más creaciones de aquella época. Bajo el título genérico de *Sobre la construcción de la muralla china*,[1]

[1] *Beim Bau der Chinesischen Mauer. Ungedruckte Erzählungen und Prosa aus dem Nachlass* ('Sobre la construcción de la muralla china. Relatos y prosas extraídas del legado de Kafka'), ed. Max Brod y Hans-Joachim Schoeps, Berlín, Kiepenheuer, 1948. Existe edición en español: *La muralla china*, trad. Alfredo Pippig y Alejandro Guiñazú, Madrid, Alianza, 1973, sucesivas ediciones.

Brod reunió «relatos» y prosas varias que Kafka ni siquiera había revisado; puso título a alguno de los textos que no lo tenía y hasta «terminó» otros que no tenían final. Gracias a esta discutible edición—que no reunía ni la mitad de los requisitos filológicos que hoy se exigen en la publicación de cualquier obra de Kafka—, salieron a la luz relatos como el que daba título al volumen, pero también «El jinete del cubo» (seleccionado por Kafka primero para formar parte del libro *Un médico rural*, pero después descartado); «El cazador Gracchus»; «Blumfeld, un solterón»; «La construcción»; «El topo gigante», etcétera. Todos ellos se hallaban escritos a mano en los cuadernos en octavo que hemos mencionado. Se sospecha que estos cuatro cuadernos conservados no fueron los únicos que usó el escritor, puesto que en ellos no se han hallado copias de alguno de los relatos que Kafka eligió para *Un médico rural*, de los que sólo queda la copia en limpio y a máquina que Kafka mandó al editor. Así que es casi seguro que Kafka escribió más en algún otro cuaderno que destruyó o extravió.

En la actualidad, en el marco de la edición crítica de las obras de Kafka, el lector interesado puede echar un vistazo al impresionante taller literario del escritor. Lo que verá es una maraña de borradores, textos esbozados, comienzos de relatos nunca llevados a cabo, y también casi todas las narraciones publicadas más tarde, con alguna tachadura, pero escritas en su mayoría de un tirón. A Kafka lo guiaba la inspiración provocada por las primeras palabras de un inicio de relato, o una imagen mental como punto de partida, a menudo seguía avanzando sin titubeos y llegaba al término de un pequeño relato (o de uno mayor); a veces se estancaba y dejaba en el aire lo iniciado.

Cuando se publicó el volumen *Un médico rural* apenas tuvo eco mediático, era uno más de los muchos libros que veían la luz en Alemania; pero uno de los pocos críticos que lo reseñó escribió sobre él: «Prosa alemana descaradamente limpia. Fantasía domesticada, tras la cual hay mil significados que únicamente podemos permitirnos adivinar...».[1] El autor daba en el blanco con esta apreciación nada trivial. La prosa de Kafka

[1] Thomas Rudolf, «Drei Prager Autoren» ('Tres autores de Praga'), *Prager Tagblatt*, 21 de octubre de 1920, en: J. Born (ed.), *Franz Kafka. Kritik und Rezeption, 1924-1938*, Fráncfort del Meno, Fischer, 1983, pp. 102-103.

es clara y decidida, cada palabra cuenta, ninguna está escrita al azar, está exenta de relleno y retórica. En castellano tal vez suena un poco tosca, cortante, ayuna de musicalidad, pese a que la prosa de Kafka tiene su ritmo interno en alemán. Es expresividad pura, imagen plena. Y en lo que respecta a su «significado», los relatos de *Un médico rural*, igual que los demás, no parecen nacer de la razón, sino de las ensoñaciones y de las visiones fantásticas del autor, que quedan «domesticadas», convertidas en arte a través de la forma. Según Reiner Stach, lo sorprendente de estas fantasías enigmáticas fue lo que «llevó a los lectores profesionales, y también a los normales, a una constante búsqueda del sentido, que retuerce las letras... una actitud que poco a poco habría de extenderse a toda la obra de Kafka».[1]

La lúcida Hannah Arendt, que quedó fascinada por Kafka desde la primera lectura de sus obras, e impulsó que se editaran en Nueva York, escribió unas palabras muy elocuentes acerca de la mencionada «interpretación»:

[1] Reiner Stach, *Kafka. Los primeros años. Los años de las decisiones. Los años del conocimiento*, trad. Carlos Fortea, Barcelona, Acantilado, 2016, vol. 2, p. 1671.

Kafka consiguió hacer su obra tan increíblemente seductora que sus historias atrapan al lector aunque al principio no entienda la verdad que contienen. La singularidad de Kafka consiste en el modo en que logra que el lector se deje llevar por una fascinación incierta y vaga, asociada con el recuerdo meridianamente claro de ciertas imágenes y hechos aparentemente absurdos a primera vista, y que esa fascinación sea tan duradera y penetre tan hondo en la vida del lector que algún día una experiencia cualquiera le revele de improviso el verdadero significado de la historia a la luz deslumbrante de la evidencia.[1]

LOS CATORCE RELATOS DE «UN MÉDICO RURAL»

Jorge Luis Borges llamó a los «catorce cuentos fantásticos» de *Un médico rural* «sórdidas pesadillas escritas en un estilo limpio».[2] Para el escri-

[1] «Franz Kafka revalorado», en: Franz Kafka, *Obras completas 1. Novelas*: *El desaparecido. El proceso. El castillo*, trad. Miguel Sáenz y Joan Parra, Barcelona, Galaxia Gutenberg-Círculo de Lectores, 1999, p. 175.

[2] Jorge Luis Borges, *Biblioteca personal*, Madrid, Alianza, 1997, p. 16.

tor argentino, Kafka era un digno heredero de los grandes fantaseadores de la historia de la literatura universal. Borges comprendía así la maravillosa extravagancia de las catorce piezas del libro, y también la incomparable originalidad del resto de su obra. Thomas Mann opinaba de manera similar en 1941, en una reseña de *El castillo.* Vinculaba las creaciones kafkianas a ensueños angustiosos, «tan extravagantes e ilógicos que también invitan a la risa, incluso a una risa que provoca llanto».[1] Pero la vasta crítica literaria que se amontona en torno a la obra de Kafka está lejos de considerar su obra únicamente como un mero producto de la fantasía o del ensueño. La obsesión de los críticos consiste en interpretar. Hay algo que Kafka quiere decir con sus relatos, éstos tienen un mensaje o un contenido que debe ser desentrañado por el lector. Ésta es la razón de que existan incontables interpretaciones de los relatos de *Un médico rural*, cada

[1] Thomas Mann, «Dem Dichter zu Ehren» ('En honor del poeta'), reseña de *El castillo*, en: *Gesammelte Werke in dreizehn Bänden* ('Obras completas en trece tomos'), Fráncfort del Meno, Fischer, 1990, t. X (*Reden und Aufsätze* ['Conferencias y artículos']), p. 772.

cual más osada; desde las que ven en ellos fábulas sapienciales y religiosas hasta otras que los interpretan en clave psicoanalítica. Los desciframientos más socorridos son aquellos que apelan a lo biográfico, máxime cuando el propio Kafka dio la pista para ello al anotar en su diario «Yo no escribo nada que carezca por completo de relación conmigo» (26 de enero de 1913). Aun así, Kafka nunca interpretó sus pequeñas historias, quería que se leyeran sin el prejuicio de atribuirles una segunda intención oculta.

En la primavera de 1917, una vez que Kafka le hubo leído algunas de sus nuevas prosas, Max Brod se mostró entusiasmado con las recientes creaciones de su amigo—era parte de la cosecha de los meses invernales en la casita de la calle de los Alquimistas—, y se empeñó en que había que publicarlas. Por aquellas fechas la revista *Der Jude*, dirigida por el filósofo e intelectual judío Martin Buber, quería publicar en varios de sus números literatura «hecha por judíos». Brod, interesado en el judaísmo y que llegó a ser sionista convencido, ya le había hablado a Buber de Kafka, a raíz de una conversación sobre la nueva literatura en alemán escrita por judíos: «Personalmente considero a Kafka el más grande escritor vivo, junto a Gerhart Hauptmann y [Knut] Hamsun. ¡Ah, si usted conociera sus grandes novelas, por desgracia incompletas, de las que a veces, raras veces, me lee fragmentos! ¡Qué no haría yo para movilizarlo!».[1]

Así que Brod estableció contacto con Buber otra vez y le dijo que Kafka tenía listas varias «pequeñas y maravillosas obras, leyendas y cuentos, escritos en esta última época». El propio Buber pidió a Kafka que le mandase alguna contribución para la revista, y éste, que pasaba por una racha de euforia creativa, le remitió enseguida unos cuantos textos de nuevo cuño, pasados a limpio con esmero, a fin de que Buber escogiera los que le parecieran más apropiados para publicar en su revista. Como la prestigiosa publicación de Buber trataba sobre todo de temas judíos, tenía que presentar a sus lectores algo que pudieran asociar fácilmente con el judaísmo. Buber se encontró en un aprieto al recibir las extrañas prosas de Kafka, y es que le gustaban todas, pero era difícil asociarlas sin más con problemas que tuvieran que ver con el pueblo judío.

[1] Carta de Max Brod a Martin Buber del 21 de junio de 1916 (citada en Stach, *Kafka*, *op. cit.*, vol. 2, p. 1631).

«Chacales y árabes» y «Un informe para una Academia» fueron finalmente los textos elegidos por Buber para publicarlos en *Der Jude*. A su juicio, sí tenían que ver con los judíos. Él, al igual que Brod, se empeñó en ver en estas dos piezas maestras lo que Kafka tal vez no había querido admitir con claridad: que eran «parábolas».

Con esta idea, y a fin de garantizar a medias el debate ético religioso que perseguía la revista, Buber le propuso a Kafka publicar ambos relatos bajo el lema: «Dos parábolas». Kafka se opuso a vuelta de correo, no quería que fueran presentados como «parábolas», simplemente eran «dos historias de animales». Y así había que leerlas, despojándolas de otro tipo de significado. El lector tenía que entenderlas como lo que son, como simples historias; tenía que empatizar en primer lugar con su belleza artística, si después quería ir más allá de la sensación estética, eso sólo dependía de él, no del autor.

Esta convicción de Kafka en lo que respecta a sus propios escritos no la compartía Max Brod. Después de la muerte de su amigo, fue Brod quien más contribuyó a «interpretar» sus relatos y sus novelas en clave esotérica y religiosa.[1] Autores de

[1] Además de cuidar de las ediciones de las novelas ina-

la talla de Walter Benjamin, Gershom Scholem, Hannah Arendt o Theodor W. Adorno mantuvieron discusiones en su correspondencia y en diversos artículos sobre interpretaciones de las obras de Kafka desde el punto de vista del judaísmo. Su notable influencia intelectual en el siglo XX fue decisiva en la crítica literaria en torno a su obra.

El escritor checo Milan Kundera—lúcido lector de Kafka—, en su libro *Los testamentos traicionados*, criticó duramente a los «kafkólogos» que han querido ver en su idolatrado autor una especie de santo laico cuyas obras hay que interpretar a toda costa y cueste lo que cueste. Kundera sostiene que Kafka fue «un artista genial» que perteneció a la generación de los grandes innovadores como «Stravinski, Webern, Bartok, Apol-

---

cabadas y de muchos de los textos inéditos de Kafka, Max Brod escribió una influyente biografía de su amigo (*Franz Kafka, eine Biographie*, publicada en 1937); así como dos influyentes libros: *Franz Kafka, Glauben und Lehre* ('Franz Kafka, fe y doctrina'), publicado en 1948, y *Verzweiflung und Erlösung im Werk Franz Kafkas* ('Desesperación y salvación en la obra de Franz Kafka'), publicado en 1959. En castellano sólo vio la luz la biografía de Kafka: Max Brod, *Kafka*, trad. Carlos F. Grieben, Madrid, Alianza, 1974.

linaire, Musil, Joyce, Picasso, Braque, nacidos todos ellos, como él, entre 1880 y 1883». Añade que, cuando en los años cincuenta se aventuró el parentesco de Kafka con un creador y genio del absurdo como Beckett, Brod protestó inmediatamente.[1]

Una mirada a la historia de la literatura occidental, sitúa a Kafka, sin pensarlo demasiado, en la tradición de Dostoievski y Gógol, quienes escribieron historias cuyos protagonistas eran empleados y funcionarios a los que les suceden aventuras estrambóticas que transforman repentinamente sus existencias anodinas y grises. Así lo entendió también Kurt Wolff cuando quiso tener a Kafka en su editorial; fue consciente de que aquel joven escritor se mantenía en la dorada estela del relato o la novela corta europeos, aunque marcando un hito propio al quebrar y transformar la tradición con giros de absoluta modernidad. Kafka era heredero de E. T. A. Hoffmann y Heinrich von Kleist (de quien era ferviente admirador), también de Goethe; y las raíces de todos ellos llegan hasta Cervantes, cuyo

[1] Milan Kundera, *Los testamentos traicionados*, trad. Beatriz de Moura, Tusquets, Barcelona, 1994, p. 51.

Don Quijote y las *Novelas ejemplares* tanto admiraron los románticos alemanes. Kafka los siguió a su manera, y a su manera también, inició nuevos caminos.

Sin ánimo de proponer «interpretaciones», el lector hallará a continuación informaciones básicas de los catorce relatos de *Un médico rural.* Tal vez le sean útiles para afianzar su propia y particular manera de entender estos raros textos de Kafka.[1]

Un apunte más. El orden de los relatos de *Un médico rural* no fue arbitrario. Kafka indicó expresamente a los editores que respetaran el orden en el que él los había dispuesto. Como artista, Kafka veía en esa disposición un punto más de la excelencia a la que debería responder el conjunto del libro. Por qué quiso que los relatos aparecieran tal y como aparecen es otro de los misterios que los expertos se esfuerzan por resolver.

[1] Agradezco a Reiner Stach y a Pilar Benito Olalla las conversaciones que mantuvimos sobre *Un médico rural.* Tan fructífero intercambio de ideas ha contribuido a enriquecer la información y el comentario de los relatos.

«El nuevo abogado» *(«Der Neue Advokat»)*

Escrito probablemente hacia el 10 de febrero de 1917 en el «cuaderno en octavo B», que Kafka utilizó entre mediados de enero y hasta mediados de febrero de 1917. Antes de su publicación en *Un médico rural* apareció en la revista bimensual *Marsyas*, año I, cuaderno I, p. 81 (1917).

A Kafka le entusiasmaban las historias de animales, dada su admiración por las célebres fábulas griegas y las fábulas posteriores protagonizadas por una gran variedad de animales. Escribió relatos en los que aparecen desde el escarabajo de *La transformación* (o lo que quiera que sea el «bicho», el «insecto» en el que Gregor Samsa se transforma) hasta el mono Rotpeter o la rata Josefina la cantante; sin olvidar a los grajos, cuervos, topos, chacales o panteras. Aunque «El nuevo abogado» no tiene por protagonista a un simple y humilde caballo, sino al «corcel de batalla de Alejandro Magno».

En su espléndida biografía del escritor praguense, Reiner Stach ha destacado la importancia que para el adolescente Franz Kafka debió de haber tenido la figura del afamado conquistador macedonio, dado que en el vestíbulo del instituto de secundaria de la Ciudad Vieja de Praga en el que estudió el bachillerato podía admirarse una enorme reproducción del célebre mosaico de Alejandro Magno. Este mosaico estaba compuesto originalmente de al menos un millón de pequeñas piedrecitas; se cree que data del siglo II antes de Cristo y fue encontrado en Pompeya en 1831. De manera que el joven Kafka veía esa reproducción muy a menudo, y ello condicionaría su imaginación.

En otro de los cuadernos en octavo de época posterior al cuaderno B (concretamente, en el «cuaderno G») que Kafka usó para tomar notas en su época de Zürau, a finales de enero de 1918, se halla un pensamiento relacionado con la muerte en el que también desempeña un papel relevante el gran Alejandro. El «aforismo» número 88 (según la numeración que le dio el propio Kafka): «La muerte está ante nosotros tal como en la pared del aula de la escuela un cuadro de la batalla de Alejandro. Depende de nuestras obras todavía en esta vida oscurecer el cuadro o incluso borrarlo».[1]

[1] Franz Kafka, *«Tú eres la tarea». Aforismos*, ed., pról. y

Otra vez aparece aquí la imagen de Alejandro Magno asociada a la época escolar. Es posible que en alguna de las aulas en las que estudiaba Kafka colgara en la pared una reproducción del cuadro de la célebre batalla de Issos, llamada también batalla de Alejandro. Por otra parte, consta que en 1910 Kafka leyó el libro recién publicado ese mismo año del poeta y escritor ruso Mijaíl Kuzmín *Taten des großen Alexander* ('Hechos de Alejandro Magno'). El héroe macedonio, del que cuenta la leyenda que jamás perdió una batalla, impregnó sin duda la mente y la imaginación del escritor—como decíamos—, al ser aquél una de esas personalidades ejemplares que se ponían como modelo a los niños que crecían con el deber de memorizar declinaciones latinas y griegas, y alimentaban sus primeras fantasías literarias con las historias de la Antigüedad clásica.

Pero en el breve relato que da comienzo al libro *Un médico rural* el protagonista no es el héroe Alejandro, sino *Bucéfalo*, su brioso corcel, quizá el caballo más famoso de la Antigüedad. De orgulloso y fiero aspecto, indomable y salvaje,

coment. Reiner Stach, trad. Luis Fernando Moreno Claros, Barcelona, Acantilado, 2024, p. 192.

dice la leyenda que sólo el joven Alejandro pudo montarlo y dominarlo; *Bucéfalo* se amoldó a su único jinete y lo acompañó durante treinta años; algunos dicen que el caballo murió en combate y otros que murió de viejo. En cualquier caso, la imaginación de Kafka prefirió representarlo como abogado en un marco actual que como corcel de batalla en alguno de sus legendarios combates. Un équido con una profesión inusitada, pero que es acogido con benévola solicitud en el colegio profesional, dada su importancia «histórica universal». ¿Por qué esa transformación del caballo en abogado? ¿Era tal vez una fantasía de Kafka sobre su propia profesión? Al fin y al cabo, sus propias tareas en el Instituto de Seguros de Accidentes de Trabajo, que cumplía religiosamente desde hacía años y, de manera muy especial durante los años de la Gran Guerra, requerían un talante aguerrido, como el del esforzado *Bucéfalo*, rocín de batalla macedonio.

Se ha visto también en el breve texto del caballo dedicado a la abogacía, a raíz de algunas frases del relato, el pesimismo de Kafka sobre la política de su época, así como la nostalgia de tiempos pasados, ¿tal vez del gran Imperio austrohúngaro, del que era súbdito? Afirmaciones como «Hoy... no hay ningún Alejandro Magno. Asesinar saben algunos, desde luego; tampoco falta la habilidad para ensartar con la lanza al amigo por encima de la mesa del banquete...» o «Ya en aquellos tiempos las puertas de la India eran inalcanzables, pero la dirección de éstas la marcaba la espada del rey. Hoy han trasladado las puertas a otra parte muy distinta, y están más lejos, y son más altas; nadie señala la dirección; muchos tienen espadas, pero sólo para blandirlas en el aire; y la mirada de aquellos que quieren seguirlas se confunde».

El imperio de los Habsburgo fracasó estrepitosamente. Lo mantuvieron vivo una complicada burocracia y unos tozudos funcionarios. Las naciones se revelaron a la muerte del longevo emperador Francisco José, y en 1917, cuando Kafka escribe este breve texto, toda aquella poderosa estructura amenazaba con venirse abajo de manera estrepitosa.

Tal vez en la fantasía sobre el caballo abogado planea un hálito de crítica a aquellos últimos adalides de la burocracia del plúmbeo imperio, que en lugar de actuar con la nobleza y la energía del corcel de batalla desempeñaban su oficio como asnos. Así los retrataba desde hacía décadas el cáustico Karl Kraus en sus sátiras feroces,[1] o también el escritor checo Jaroslav Hasek en la entretenida e irónica novela *Los destinos del buen soldado Švejk.*[2] Eran los asnos y no los caballos los que dominaban el imperio a medio extinguir. De ahí que, en la estampa final del relato, Bucéfalo prefiera refugiarse en los viejos libros, lejos del fragor de batallas vanas, «junto a la pacífica lámpara». Ésta fue también la actitud del filósofo Aristóteles cuando se desengañó de su pupilo Alejandro de Macedonia, quien, consagrado en cuerpo y alma a las guerras, había olvidado la filosofía de su antiguo maestro.

«Un médico rural» («Ein Landarzt»)

El relato fue escrito supuestamente entre el 14 de diciembre de 1916 y mediados de enero de 1917. No se conserva la versión manuscrita, que debía

[1] Véase, por ejemplo: Karl Kraus, *«La antorcha». Selección de artículos de «Die Fackel»*, ed. y trad. Adan Kovacsics, Barcelona, Acantilado, 2011.

[2] Jaroslav Hašek, *Los destinos del buen soldado Švejk durante la guerra mundial*, trad. Fernando de Valenzuela, Barcelona, Acantilado, 2016.

de hallarse en un cuaderno en octavo. Se publicó por primera vez en la revista literaria *Die neue Dichtung*.

Entre los libros de la biblioteca de Kafka que se conservaron después de su muerte se halló el de Alexander Eliasberg *Leyendas de los jasidim*, aparecido en alemán en 1916 en la editorial Georg Müller de Múnich.[1] Reiner Stach llama la atención sobre dos historias concretas de este libro, que fue adquirido por Kafka poco antes de su aislamiento en la casita del callejón de los Alquimistas, y cuya resonancia bien pudo inspirar el extraño relato «Un médico rural».[2]

Las historias jasídicas en general, y las que contiene ese volumen recopilatorio en particular, son en su mayoría invenciones fantásticas, y los rabinos, personajes entre maravillosos y mágicos, aparecen en ellas como hacedores de milagros. En la leyenda titulada «Resucitar a la novia muerta» el rabino Baal Shem (Israel Ben Eliezer), el fundador del movimiento jasídico, va a

[1] Hay una versión electrónica reciente de este libro: Alexander Eliasberg, *Sagen Polnischer Juden*, nueva ed. Karl-Maria Guth, Hofenberg, Berlín, 2017.

[2] Stach, *Kafka*, *op. cit.*, vol. 2, pp. 1714 y ss.

parar a una pequeña fonda en uno de sus viajes. Llega un miércoles por la tarde. Allí se entera de que en Berlín se celebrará una boda y quiere acudir al próximo *sabbat*; el posadero se sorprende mucho, pues desde el lugar en el que están hasta Berlín hay cincuenta millas de distancia. Baal Shem replica que él tiene un caballo muy bueno y que llegará justo antes del *sabbat*. «Eso es imposible—replica el posadero—, a menos que pueda volar». Cuenta la historia que el rabino pasó el jueves tranquilamente en la posada y la madrugada del viernes partió a Berlín e hizo «350 kilómetros» en un santiamén gracias a su caballo maravilloso. En Berlín asiste a la boda, pero sólo después de haber hecho el milagro de resucitar a la novia, que había muerto cuando se disponía a casarse.

La segunda historia se titula «Rápido viaje a Viena». El rabino Lejb Sores se detuvo un tiempo en la ciudad de Buntusch, en Rusia. Allí se alojó en casa de un arrendatario muy rico que tenía criados y coches de caballos. Un día el rabino le pidió que le prestara un coche y un criado para salir a dar una vuelta por el campo. «Y cuando salieron de la ciudad, al criado le pareció de pronto que iban volando, y vio abajo ciudades y pueblos. Así estuvieron viajando durante dos horas». Rabino y criado llegan a Viena, donde el primero tenía que resolver unos asuntos. Al poco estuvieron de vuelta en la ciudad rusa. Este viaje lo repiten varias veces y con diversos acompañantes. Acortar el espacio y el tiempo, he ahí el milagro.

Además de estas dos historias mencionadas por Stach, este mismo volumen contiene otro relato más que gira alrededor del poder de un médico para curar a los enfermos con su sola presencia, se titula «Del poder del médico». Y aunque el grueso del cuento no tiene nada que ver con el relato de Kafka, sí que llama la atención un pasaje que al lector de «Un médico rural» puede parecerle familiar. Un rico paciente ha enfermado en la ciudad de Vilna; los intentos de curarlo son vanos, sus amigos y conocidos piden al rey de Prusia que permita que su médico particular visite al enfermo, pero «cuando el médico vio el estado del paciente, montó en cólera porque lo hubieran llamado. "¿Acaso soy un dios—dijo— que puede hacer que resucite un muerto?". Y quiso abandonar la habitación del enfermo, pero no pudo hacerlo porque la gente que había llegado al mismo tiempo que él estaba muy apiñada. Así que no le quedó más remedio que permanecer en la habitación. Y como de nuevo mirase al enfermo, notó que su estado había mejorado un poco, por eso pensó que quizá sí que podría ayudarlo algún tipo de medicina». El médico se empeña en mandar a buscar varias recetas, una tras otra, que no llega a aplicar al enfermo porque éste mejora cada vez más. Al final es el propio médico, con su sola presencia—y la del «Ángel Rafael», protector de los grandes médicos, dice el narrador—, quien hace el milagro de curar al gran hombre sin haber aplicado ninguna medicina.

Tales posibles fuentes inspiradoras de «Un médico rural» no las habían tenido en cuenta la mayor parte de los especialistas y estudiosos que tantas vueltas interpretativas le han dado a este relato de Kafka, que sin duda es uno de los más enigmáticos. Como parece inspirado por la lógica íntima de los sueños, una lógica que sólo conoce el psicoanalista, las interpretaciones más conocidas giran en torno al análisis onírico. Adentrarse en ellas sería tarea ociosa y que escapa a la intención de este breve comentario. Sin embargo, Kafka sólo quería que la historia se leyera como la de un médico al que llaman en mitad de la noche para que acuda a visitar a un enfermo.

Es posible que la figura de uno de sus tíos maternos—concretamente hermanastro de la madre de Kafka—llamado Siegfried Löwy, que era médico rural en la pequeña ciudad de Triesch, fuera la que de verdad inspiró a su sobrino. En su juventud, Kafka había tenido ocasión de visitar a su tío y hasta de ir a pasar parte de las vacaciones de verano con él. En sus funciones de médico rural, el tío Siegfried había sido uno de los primeros que empezó a visitar a sus pacientes sirviéndose de un caballo, también de un cabriolé y, más adelante, hasta de una motocicleta.[1] Kafka le tenía simpatía y aprendió mucho de él sobre naturismo y vida sana en general.

Sea cual fuese la fuente de inspiración, lo cierto es que el relato «Un médico rural» puede ser considerado una pesadilla en el sentido más literal. Y es que elementos de pesadilla son: el apuro del médico por partir; el caballo que falta antes del viaje; la criada que lo busca incesantemente; los caballos que aparecen por arte de magia desde la «pocilga»; el mozo de cuadra que los azuza y que después de partir el doctor se aba-

[1] Stach, *Kafka*, *op. cit.*, vol. 1, p. 321.

lanza sobre la criada. También lo es el ominoso chico enfermo que le pide al médico que lo deje morir; la herida nauseabunda; el coro de niños cantando canciones absurdas; los caballos que introducen a la par sus cabezas por la ventana y se quedan mirando la escena; la familia del enfermo y los huéspedes que aparecen y llenan el pequeño espacio de la morada del enfermo. Y después, la huida en el carruaje, que, esta vez, ya no va raudo por el espacio, sino que transita a duras penas por la nieve. Y el final de la historia: el médico extenuado que maldice su destino y la época en que vive: «Desnudo, expuesto a la helada de estos tiempos malhadados, con coche terrenal y caballos sobrenaturales, yo, un hombre viejo, ando errante de un lado para otro». Todo ello envuelto en una escena nocturna—que podría ser un guiño a Tolstói, tan admirado por Kafka—de noche invernal y en medio de una tormenta de nieve.

La palabra «errante» del fragmento transcrito ha suscitado la idea de que Kafka pudo haber hecho un guiño al mito del judío errante, condenado a vagar por la tierra hasta la llegada del Hijo de Dios. En cuanto a la mención de «los caballos sobrenaturales» traen a la mente de inmediato el mito del Auriga que Platón expone en el *Fedón*,[1] o remiten a Pegaso, el caballo alado de Zeus en la mitología griega.

Kafka no proporcionó nunca una interpretación de este relato, ni tampoco aludió a sus claves concretas. Imaginación y fabulación conformaron una historia tan enigmática que algún comentarista hasta la ha catalogado de «parodia» del psicoanálisis. Sabido es que Kafka no simpatizaba demasiado con esta terapia. En una carta a Max Brod desde Zürau (14 de noviembre de 1917), Kafka le escribió en referencia a los supuestos logros psicoanalíticos que «te sacian sorprendentemente en el primer momento, pero poco después vuelves a tener la misma hambre». Y en una carta a Milena, fechada en noviembre de 1920, calificó la parte terapéutica del psicoanálisis de «torpe error».

Dejando a un lado cualquier interpretación literaria, psicoanalítica o de otra especie, es adecuado recordar que la historia del médico rural

[1] Kafka era lector de Platón, véase al respecto el «Posfacio» de Pilar Benito Olalla en Franz Kafka, *La transformación*, ed. L. F. Moreno Claros y P. Benito Olalla, Vilaür, Atalanta, 2016, pp. 137-150.

tuvo un rasgo ominoso y premonitorio en la vida real de su autor. En la madrugada del 11 de agosto de 1917 Kafka tuvo un acceso de tos sanguinolenta, fue el primer anuncio de su tuberculosis. Tras el acceso, sobre las cuatro de la mañana se serenó y volvió a la cama. Al despertar, ya de día, en la habitación que tenía alquilada—en esa época había dejado la Lange Gasse y vivía en el palacio Schönborn—, guardaba escasa conciencia de lo que había acontecido durante la noche. Pero fue la criada Ruzenka, que además de cuidar de la casita de Ottla en el callejón de los Alquimistas también hacía la limpieza en la nueva morada donde habitaba Kafka, la que dio la voz de alarma al ver los restos de sangre en el lavabo. Por lo visto, ésta exclamó: «¡Señor doctor, usted no va a durar mucho!». Tal es el sentido del comentario que el médico rural dirige al paciente cuando descubre su herida en el costado: «Pobre chico, nadie puede ayudarte. He encontrado tu gran herida; de esta flor en tu costado perecerás».

Kafka no comunicó de inmediato a sus amistades aquel suceso, ni tampoco a Felice. Pero tras varias consultas con su médico, se le dictaminó una incipiente tuberculosis. En una carta a Max Brod fechada el 5 de septiembre de 1917, le decía:

«Yo mismo también lo predije. ¿Te acuerdas de la herida sanguinolenta en “Un médico rural”?».

Al médico no tienen que asustarle las heridas de sus pacientes, más bien debe mostrarse frío ante ellas si ha de curarlas. Kafka tampoco tuvo miedo de su enfermedad, hasta sintió alivio cuando se la diagnosticaron; al menos, descubierto su mal, tenía un enemigo concreto contra el que luchar. Pero siete años de intensa lucha, entre sanatorios y curas de diversa especie, no erradicaron la enfermedad. Además, la mal llamada «gripe española», la pandemia de 1918, que Kafka superó, también dejó secuelas en su débil organismo que contribuyeron a acortarle la vida. Murió el 3 de junio de 1924 en el sanatorio de la localidad austríaca de Kierling con los pulmones destrozados por aquella «herida».

«En la galería» («Auf der Galerie»)

Escrito probablemente entre el 14 de diciembre de 1916 y mediados de enero de 1917. No se conserva la versión manuscrita. Publicado por primera vez en el volumen *Un médico rural*.

Es una pieza de relojería literaria, un pequeño

texto que es una joya estilística, sobre todo por el interminable período inicial que parece escrito en un sólo golpe de aliento, con una primera coma en la quinta línea y cinco comas más repartidas entre las diez líneas siguientes hasta el ansiado punto y aparte (esto en el texto original alemán. En castellano ha sido necesaria la inclusión de diez comas antes del punto final). El pequeño texto suele ponerse como ejemplo de prosa expresionista en los institutos de enseñanza media alemanes; sin embargo, más allá de clasificaciones, de su tiempo y época, hoy lo vemos como una muestra típica de la escritura de Kafka, de su portentosa capacidad de plasmar sugerentes imágenes con palabras parcas y precisas.

Quizá inspirada por una fotografía o por una reproducción pictórica en las que se representa el motivo de la escena del caballo y la bailarina ecuestre, o simplemente tomada de la vida real (Kafka solía asistir a espectáculos circenses y a teatros de variedades en Praga), «En la galería» escenifica un asunto recurrente en otras narraciones de Kafka, así como en múltiples apuntes del diario o de los cuadernos de notas: el circo y su mundo poblado de directores de pista, domadores o trapecistas (curiosamente, Kafka no trata el género de los payasos, tan recurrente en la literatura posterior). Los trapecistas son mencionados a menudo en el universo kafkiano: el ejemplo más evidente es el magnífico relato «Primer dolor»—del año 1922—, más conocido en castellano como «Un artista del trapecio».

Desde la galería de espectadores, uno de ellos (Kafka no dice «espectador», sino «visitante») observa cómo una amazona—o artista ecuestre, como él la llama—decrépita, venida a menos, es tiranizada por un jefe despiadado que, a golpes de látigo, la hace contonearse sobre el caballo y dar vueltas por la pista, sin interrupción. El caballo vacilante, la enfermedad de la amazona, los aplausos incesantes en oleadas, la orquesta, el ruido de los ventiladores… todo ello contribuye a crear una atmósfera opresiva e irrespirable; tanto, que el joven visitante está dispuesto a abandonar su lugar en la galería, saltar a la pista y pedir a gritos que paren el cruel espectáculo. Sin embargo, al parecer, eso que sucede en la pista no es real, la realidad es muy distinta: es la joven dama que el «director» (ya no es un «jefe», obsérvese) cuida como a una nieta querida, y a la que agasaja y acompaña en la pista mientras él mismo corre a la vera del caballo tordo.

¿Qué sucede en este relato, tan claramente dividido en dos secuencias o dos visiones?

Quizá estamos asistiendo a una ficción del espectador. Al parecer lo que describe el larguísimo primer párrafo no sucede en realidad, mientras que el suceso real es patrimonio de la niña exitosa, querida por el director, admirada por todos y protagonista feliz en la pista del circo.

Y quizá también podría ser que, como lectores, asistamos a la descripción de dos realidades paralelas: la que el autor nos dice que es real y la que imagina el visitante, no menos real. Porque tal vez lo que describe la primera escena, que el visitante desearía parar, es la realidad que espera en el futuro a la joven artista del caballo, cuando pasen los años y ella envejezca y enferme de los pulmones; puede ser una anticipación imaginaria de una realidad que todavía no es, pero que será. Es esa anticipación de futuro la que atormenta al visitante. La pesadilla anticipadora le ronda la mente, mientras observa las piruetas de la feliz amazona; lo ficticio es la felicidad presente, el negro futuro es lo real.

Algunos comentaristas han visto en la pequeña pieza circense de Kafka una llamada de atención sobre la cruda realidad de las vidas de esas personas dedicadas al espectáculo (la misma crítica que también estaría presente en el trasfondo del relato del mono Rotpeter, «Informe para una Academia»). Cuando pasan los mejores años, los artistas de toda especie, aunque sigan repitiendo sus números mientras puedan, están más abocados al olvido y al abandono que al recuerdo de sus éxitos. Es entonces cuando su futuro comienza a ser más que incierto, sobriamente opaco. ¿Cuándo parar? El arte sólo termina con la muerte, y ésta llega antes si la acompañan la extenuación y las desilusiones.

«Una vieja hoja» («Ein altes Blatt»)

Se encuentra inicialmente en el «cuaderno en octavo C» (escrito entre los meses de febrero y marzo de 1917), a continuación del relato titulado «Sobre la construcción de la muralla china», en la página 28 del cuaderno, numerada por Kafka. A renglón seguido de la última línea de «Una vieja hoja», Kafka anotó: «Esta traducción (quizá demasiado europeizante) de unas cuantas hojas de un manuscrito chino antiguo la puso a nuestra disposición un amigo de la asociación. Es un fragmento. No hay esperanza de que el resto pueda ser encontrado».

El fragmento «Sobre la construcción de la muralla china» lo publicó Max Brod en 1931. Brod editó el texto de la muralla omitiendo su final inconcluso, y dándole la apariencia de relato terminado. Borges afirmó que era uno de sus cuentos favoritos, y que él mismo había querido imitar su estilo en su célebre «La biblioteca de Babel». Pese a su originalidad, se nota que Kafka nunca revisó este texto, no destinado a la publicación. En él se describe el ambiente que reinaba en el vasto imperio de la China en la época legendaria de la construcción de la muralla. Gran parte de la población, incluidos mujeres y niños, participaba en esta obra magna, concebida como defensa «contra las naciones del norte». Un constructor cualificado es la voz que narra la historia. Aparte de algunas pinceladas sobre su propia educación, el narrador menciona otros aspectos sociales del inmenso imperio chino, y prosigue con unas pinceladas políticas que versan sobre la relación del pueblo con la sempiterna jerarquía suprema de sus emperadores. Los chinos se saben gobernados por una entidad superior en la que tienen que creer, y no les está permitido pensar autónomamente más allá de unos límites impuestos por el Estado. Los emperadores reinan, mueren y son sustituidos por otros emperadores; el pueblo cree en la ley dictada por su emperador, al que no conoce en persona, pero eso carece de importancia, pues lo esencial es el símbolo del cuidador del imperio, que planea sobre tiempos y costumbres.

«Una vieja hoja» se inscribe en la estela de la narración sobre la gran muralla china. En este pequeño episodio guerrero imaginario, histórico y cruel, los nómadas del norte se han instalado en la ciudad imperial y los ciudadanos no saben cómo defenderse de sus tropelías. El emperador es incapaz de lidiar con la circunstancia. Tal vez Kafka jugase con la idea de escribir una historia larga basada en el motivo de la legendaria muralla china, idea que terminó desechando, y este breve episodio formaría parte de ella. Del fragmento principal sobre la muralla extrajo otra pieza para el libro *Un médico rural*, la leyenda titulada «Un mensaje imperial».

Algunos estudiosos de la obra de Kafka opinan que esa China simbólica, ese imperio cuya capital es Pekín, pudiera ser un trasunto del Imperio austrohúngaro de los Habsburgo, del que Kafka fue ciudadano hasta su disolución a consecuencia de la Gran Guerra. «Nuestra tierra es tan grande que ningún cuento de hadas basta para declarar su grandeza, apenas el cielo da para abarcarla», se lee en el fragmento sobre la muralla.

Como se sabe, la nostalgia del vasto imperio perdido fue una característica señera de algunos escritores de la época de entreguerras; el más reconocido es Joseph Roth, once años menor que Kafka. Sus novelas *La marcha Radetzky* y *La cripta de los capuchinos*,[1] además de varios de sus relatos más famosos, reflejan abiertamente la nostalgia por la pérdida de todo un «mundo de ayer», el recuerdo de aquella supuesta gloria pasada. Con la disolución del imperio y su partición en varias naciones, Roth se sintió un apátrida.

Kafka no expresó tan explícitamente su nostalgia—si es que la hubo—y su escritura poco tiene que ver con la de Roth. Si se propuso alguna idealización del imperio perdido, desde luego que no lo hizo en *El proceso*, cuyos capítulos datan de 1914, novela que puede ser leída como una recreación paródica del laberinto legal y de

[1] Joseph Roth, *La cripa de los capuchinos*, trad. Jesús Pardo, Barcelona, Acantilado, 2002. (*N. del E.*).

la burocracia que dominaban en aquel imperio todopoderoso y protector de los Habsburgo. Ya me referí a esto en el comentario a «El nuevo abogado».

Ni la pompa de los brillantes valses de los Strauss ni la edulcorada historia de amor del apuesto Franz Josef y de su candorosa e icónica emperatriz Sissi podían disimular la realidad: el imperio se desmoronaba a pasos agigantados, al igual que su sempiterno emperador, tolerado por «sus pueblos» a la vez que iban perdiéndole el respeto y se preparaban para erigir sus propias capitales nacionales y sus propios gobiernos independientes.

Tampoco en la novela *El castillo* se observa nostalgia alguna del imperio; todo lo contrario, Kafka refleja el conflicto del individuo con las estructuras del poder estatal, y éstas bien podían ser las del Estado de Franz Josef; o, más tarde, reflejar las del Estado totalitario estalinista o las del régimen hitleriano, que asesinó en campos de exterminio a todos los miembros de la familia Kafka.

El relato supuestamente hallado en esa «vieja hoja» que le presta el título refleja una intolerable situación de sometimiento. El emperador, aislado artificialmente de la vida real de su ciudad por su palacio y sus guardias, se asoma a las ventanas de su palacio, ve el desaguisado que han ocasionado los «nómadas del norte», y se muestra impotente frente a ellos. Es a los ciudadanos comunes a quienes les corresponde actuar, pero a éstos les supera la tarea de resistirse; como buenos burgueses, ya tienen bastante con preocuparse por su subsistencia. Los abstractos «nómadas del norte» que amenazan la tranquilidad del imperio en realidad pueden simbolizar cualquier amenaza que ponga en peligro el plácido ritmo de vida de los pacíficos ciudadanos: léanse nacionalismos emergentes o triunfantes, o cualquier otro tipo de ataque de lo irracional y salvaje contra lo convencional y establecido.

En apenas «una hoja» se describe un panorama dantesco: las normas de vida cotidianas se ven arrasadas por esos bárbaros, que ni siquiera saben hablar en un lenguaje humano, sino sólo graznar como las «grajillas». El emperador es inane, y eso lo conducirá a perder su reino irremediablemente. Mandará tal vez un mensaje a un individuo—que tal vez podría salvarlo del caos—que éste no recibirá nunca, y su mundo acabará por desvanecerse.

«Ante la ley» («Vor dem Gesetz»)

Este breve relato en forma de parábola no pertenece al grupo de pequeñas historias que Kafka escribió en 1917. La «leyenda del guardián de la puerta», como él la denominaba, fue concebida expresamente para uno de los capítulos de *El proceso*, el titulado «En la catedral»; es ahí donde encuentra su enclave natural. Gracias a una entrada del diario de Kafka, con fecha del 13 de diciembre de 1914, sabemos la época en que la escribió. La entrada dice así: «En lugar de trabajar... he escrito sólo una página (la exégesis de la leyenda). Leída en el capítulo terminado, y la he encontrado bien». Con «exégesis» se refiere al comentario que Kafka pone en boca del sacerdote con el que Josef K.—el protagonista de la novela—se encuentra en la catedral. Este sacerdote, capellán del tribunal, le ha contado previamente a Josef K. la leyenda del guardián. Así que, según este testimonio, la parábola debió de ser escrita unos días antes del 13 de diciembre. Kafka la publicó en el semanario judío *Selbstwehr* el 7 de septiembre de 1915.

Es posible que «Ante la ley» naciera a partir de una imagen mental. Ante la ley hay una puerta y ante ésta hay un guardián que la custodia. La palabra que Kafka usa para referirse al guardián es *Türhüter*, que significa literalmente 'guardián de la puerta'. El lector de habla germana ve de inmediato la imagen que transmite el vocablo: guardián y puerta; pero quien lee la traducción castellana, más lacónica: «Ante la ley hay un guardián» (se omite «de la puerta»), sólo advierte la existencia de una puerta unos instantes después. Al comienzo del relato la puerta es un portalón (la palabra *Tor* del original así lo indica); significa que la entrada a la ley es amplia y no angosta. Es posible que de estas imágenes que evoca la primera frase Kafka extrajera el resto de la historia; en ocasiones basta con una ocurrencia, con una simple idea o con una mera imagen para crear una obra; éstas actúan de flexible trampolín cuyo impulso posibilita las piruetas posteriores del saltador.

Kafka no encarna el tipo de escritor que se sienta a pensar y a planificar sus historias, su modo de trabajar casa más bien con el del inspirado; escribía lo que se le ocurría en el instante, o plasmaba en el papel la idea que había tenido durante un paseo o mientras estaba medio adormecido, acostado en el lecho. En esta última situación se le ocurrió el motivo central de la novela breve

La transformación, una mañana de domingo, sintiéndose sin fuerzas para levantarse de la cama, e imaginándose a sí mismo «como un insecto» yacente. Ya comenté más arriba que otra historia, «La condena», la escribió de un tirón a lo largo de una noche, en un estado de euforia creativa, y como si un dios le guiase la mano al hilar las frases.

El estudioso de Kafka Hartmut Binder, en un ensayo dedicado íntegramente al relato «Ante la ley»,[1] llama la atención sobre una estampa típica de la Praga de aquella época, que de manera indirecta pudo haber contribuido a inspirar la leyenda. Delante de los portalones de las casas palaciegas de la ciudad solía plantarse un guardián de la puerta, que no era exactamente un portero, sino un empleado de la familia cuya única misión era vigilar el portal del palacio. El guardián se situaba fuera del portón, mientras que el portero propiamente dicho se alojaba traspasado el portal, en su portería, tal y como todavía se observa hoy en algunos edificios de vecinos. El porte-

[1] Hartmut Binder, *«Vor dem Gesetz». Einführung in Kafkas Welt* («Ante la ley». Introducción al mundo de Kafka'), Stuttgart-Weimar, J. B. Metzler, 1993, pp. 78 y ss.

ro se ocupaba de los pequeños arreglos de la casa y de recibir a proveedores y visitantes; la misión del guardián de la puerta consistía en franquear la entrada o impedirla a las personas que venían de fuera, según dictase la orden expresa que le hubieran transmitido, a través del portero o directamente los señores de la casa.

Tales guardianes solían ir vestidos con un largo abrigo de piel y un gorro de piel o incluso un tricornio; en cualquier caso, llevaban una especie de uniforme, algo que era muy normal en cualquier figura que tuviera un mínimo de poder en el Imperio austrohúngaro, con anterioridad a la Primera Guerra Mundial. El guardián portaba un largo bastón como signo de autoridad, pero también como arma defensiva si llegaba el caso. Tales guardianes eran por lo común de origen extranjero y su aspecto solía ser un tanto amenazador, barbados y de rostro poco amable. Binder supone que un guardián de esta clase es el que Kafka tenía en mente cuando imaginó la historia. Tal vez la visión de uno de ellos en algún portalón de los que abundaban en Praga, o su recuerdo, diera el primer impulso a la historia, que después parece haber fluido con soltura.

Si observamos algunos de los facsímiles de los

escritos originales de Kafka que se han conservado, advertimos que apenas tienen correcciones; la escritura fluye limpiamente. Tal es el caso de la historia del guardián. En el facsímil de *El proceso*, publicado por la editorial Stromfeld, se ve que Kafka comenzó a escribir la parábola tres renglones antes de terminar la página 238 del manuscrito (según la numeración del propio Kafka). Se aprecian apenas un par de correcciones de errores mínimos en algunas letras y sólo aparece una frase tachada en todo el relato. Esto significa que escribió la historia del guardián sin vacilaciones, prácticamente de un tirón, tan inspirado como en los demás pasajes de la novela, en los que tampoco se ven demasiadas correcciones esenciales.

«Ante la ley» es tal vez el texto más comentado de cuantos escribiera Kafka. Adopta la forma de una parábola. Ésta es férreamente hermética en su aparente simplicidad, de ahí que las interpretaciones a las que se presta sean incontables, máxime cuando su autor nunca la explicó ni la interpretó.

En enero de 1915 Kafka leyó la parábola a su prometida Felice Bauer—antes incluso que a Max Brod—, tal y como se desprende de otra anotación del diario del escritor. Los novios, cuya relación se remontaba a agosto de 1912, habían vuelto a reconciliarse hacía poco tiempo, después de haber pasado por una solemne ruptura de compromiso orquestada por Felice en Berlín, en el hotel Askanischer Hof. En aquella ceremonia de ruptura, celebrada ante testigos, Kafka fue acusado de no tener la intención de casarse ni de tomarse en serio la idea de un matrimonio convencional con Felice. Ésta le recriminaba que lo único que a él le importaba de verdad era escribir, en lugar de crear una familia. Kafka no se defendió de semejantes acusaciones y admitió el veredicto: ¡culpable! Aquel suceso dio pie a la novela *El proceso*, que se inicia con la detención de Josef K. una mañana en la que, «sin que hubiera hecho algo malo», fueron a buscarlo a su casa dos funcionarios del tribunal.[1]

Pese a la reconciliación de los novios, la relación sentimental había perdido frescura y ambos parecían saberlo. Tras varios meses sin verse, en

[1] Para más detalles sobre este asunto, véase *En la colonia penitenciaria*, epíl. y trad. Luis Fernando Moreno Claros, Barcelona, Acantilado, 2019, pp. 68 y ss. Igualmente Franz Kafka, *El proceso*, trad., notas y postfacio Luis Fernando Moreno Claros, Barcelona, Arpa, 2024.

enero de 1915, se encontraron un fin de semana en la pequeña ciudad austriaca de Bodenbach, donde se vieron durante unas horas. De la anotación de Kafka no se desprende que reinase plena confianza entre ellos, ni tampoco una armonía espiritual:

24 de enero Con Felice en Bodenbach. Creo que es imposible que alguna vez nos unamos, pero no me atrevo a decírselo en el momento decisivo, ni tampoco a decírmelo a mí mismo. Así que he vuelto a darle esperanzas de un modo insensato, porque cada día me vuelvo más viejo y más anquilosado. Regresan los viejos dolores de cabeza cuando intento comprender que ella sufre y, al mismo tiempo, está tranquila y alegre [...] F. dijo: «¡Qué formales estamos aquí los dos juntos!». Yo guardé silencio, como si hubiese desconectado mi oído durante esa exclamación. Dos horas estuvimos solos en la habitación. A mi alrededor sólo había aburrimiento y desconsuelo. No hemos pasado ni un solo momento bueno los dos juntos, durante el que yo haya respirado libremente [...] También a ella le he leído algo en voz alta; de manera repulsiva, las frases se entremezclaban unas con otras, ninguna conexión con la oyente que, tendida en el canapé con los ojos cerrados, asumía la lectura sin decir palabra. Una tibia mención de si yo le permitía llevarse un manuscrito para copiarlo. Durante el relato del guardián de la puerta, mayor atención y buena observación. A mí se me reveló entonces el significado de la historia, también Felice lo comprendió correctamente; pero luego arremetimos contra ella con burdas observaciones, y fui yo quien empezó.[1]

La entrada del diario refleja lo que realmente había entre Kafka y Felice: extrañeza e incomodidad. Felice siempre tuvo una pobre opinión de los escritos de su pretendiente, porque le parecían extraños e inescrutables. En esta sesión de lectura, lo único que parece avivar su interés es el relato del guardián de la puerta; al fin y al cabo, ella también era judía y el tono de «Ante la ley» podría ser el de una parábola rabínica. Kafka dice que mientras leía el relato se le reveló su significado. ¿Es que antes no lo había tenido claro? Es posible que no, porque ya en el mencionado capítulo de *El proceso*, en el que el capellán del tribunal narra la leyenda, es evidente que su significado queda sin descifrar.

[1] Franz Kafka, *Tagebücher 1914-1923* ('Diarios, 1914-1923'), Fischer, Fráncfort del Meno, 2008, pp. 74, 75. Traducción propia.

El sacerdote entabla una conversación con Josef K. sobre cuál podría ser el significado de la leyenda, pero pronto se observa que no hay un significado único y que puede ser entendida de diversas maneras. El acusado expresa la convicción de que el guardián engaña al hombre del campo por no advertirle desde el comienzo de que la entrada a la ley está destinada sólo para él, y lo tiene esperando «días y años» hasta instantes antes de su muerte. El sacerdote lo niega: «El hombre del campo no ha sido engañado», más bien se le dice al principio que de momento no puede entrar, pero que más tarde tal vez. Siguen argumentos a favor y en contra de una y otra tesis, pero en definitiva tampoco el capellán aclara un significado concreto del relato; menciona más bien que existen innumerables comentaristas de la parábola y tantas interpretaciones como comentaristas, y que cada interpretación es más arriesgada que las demás. Por ejemplo, existe una que defiende el argumento de que el engañado es el guardián. Y hay otra que afirma que tampoco el guardián conoce la ley, puesto que durante todo el tiempo que transcurre la historia jamás abandona la puerta, o sea que nunca la traspasa hacia el interior del palacio, de ahí que no pueda saber qué hay más allá de la puerta que guarda.

Una idea clave, expresada en la parte final del capítulo, anuncia con profunda ironía lo irresoluble del misterio que encierra la historia del guardián; el capellán afirma: «La escritura es invariable y las opiniones son a menudo sólo una expresión de la desesperación que esto provoca». En definitiva, el texto de la parábola es la única verdad, lo fijado eternamente, en el sentido platónico de la Idea de Verdad que pocos (los elegidos) o nadie conoce; mientras que las opiniones que se vierten tanteando en busca de la verdad son infinitas; algunas de ellas puede que rocen la verdad, pero no son la Verdad. Tal vez esto explique la inutilidad de buscar una única explicación de la parábola, y que cada comentarista tenga la suya. La falta de la Verdad, concluirá Josef K., unos párrafos más adelante, hará que la mentira se adueñe del mundo, que «se convierta en el orden universal». Una de las sentencias más estremecedoras y desgraciadamente proféticas de *El proceso*.

Baste decir esto en cuanto a lo que Kafka escribió en la novela. Pero ¿a qué pudo referirse al mencionar que al leerle la historia a Felice le había quedado claro su significado?

A tenor de lo que hoy se sabe de Kafka, es muy posible que el sentido que de pronto se le reveló claramente tuviera que ver con la reflexión siguiente: ahí está un novio que es incapaz de darse cuenta de que la novia sólo lo espera a él. Las trabas que ve o cree ver para llegar hasta ella son en apariencia insalvables, pero sólo en apariencia. En parte por miedo, en parte por comodidad, y en parte también por una inseguridad innata en las propias capacidades como ser humano adulto, no se atreve a dar el paso que le está destinado: el matrimonio y todos sus compromisos. La cantinela de Kafka frente a Felice siempre consistió en quejarse de que se veía imposibilitado para llevar una vida «normal», es decir, una vida convencional, burguesa, de marido y padre de familia.

Si esa interpretación autobiográfica la entresacamos del plano íntimo y la universalizamos, sería posible extraer de ella una lección para la vida. La misma que expuso Rainer Maria Rilke, autor oriundo de Praga al igual que Kafka, en sus célebres *Cartas a un joven poeta* cuando escribió:

¿Cómo habríamos de poder olvidar esos antiguos mitos que están en el comienzo de todos los pueblos, los mitos de los dragones que, en el momento supremo, se transforman en princesas? Quizá todos los dragones de nuestra vida son princesas que esperan sólo eso, vernos una vez hermosos y valientes.[1]

¿Y si el campesino hubiera sido más osado? ¿Se hubiera desvanecido entonces el guardián? ¿Serán los guardias sólo proyecciones de los miedos del campesino...? Cabe hacerse numerosas preguntas al respecto, y seguro que las respuestas serán tan variadas como inciertas.

«Chacales y árabes» («Schakale und Araber»)

El manuscrito se encuentra en el cuaderno en octavo B, su redacción data de los primeros días de enero de 1917. Se publicó por primera vez en la revista mensual *Der Jude* en octubre del mismo año.

Quienes han querido ver en la pieza de los chacales y los árabes un relato metafórico y simbóli-

[1] Carta n.º 8, 12 de agosto de 1904, en: Rainer Maria Rilke, *Cartas a un joven poeta*, trad. y nota preliminar José María Valverde, Madrid, Alianza, 1987, p. 85.

co chocan con la ya mencionada intención expresada por Kafka a Martin Buber, el director de la revista *Der Jude*: se trata meramente de una «historia de animales». En caso de que el lector encuentre simbolismos, muy difíciles de erradicar, deberían venir después de leer la historia y no antes, a fin de que tales simbolismos no la condicionen. Aun así, y pese a la rectificación de Kafka, los lectores de la mencionada revista—de tendencia sionista—creyeron ver en los chacales un trasunto del pueblo judío.

Su papel en el relato no es el más halagüeño. Los árabes parecen ser claramente superiores a los chacales, que son descritos como animales meramente carroñeros, y plañideros, además; los árabes tienen el látigo y la fuerza, mientras que a los chacales sólo les queda el odio hacia los árabes, el sentimiento de aborrecerlos por sus costumbres y su suciedad. Los chacales parecen ver en el extranjero una especie de libertador o Mesías, y esperan que los libere de su «abandono» entre los árabes. Pero el extranjero mira todo aquello con mucho escepticismo y, finalmente, es convencido por el árabe del látigo de que los chacales siempre representan la misma farsa con los extranjeros. Este individuo sabe bien cómo someter la voluntad de los chacales usando el látigo y entregándoles la carroña.

En definitiva, si los lectores judíos querían ver una alegoría o una historia simbólica en el pequeño relato del desierto, verían que el supuesto pueblo judío no sale bien parado. En todo caso, tendrían que considerarlo desde un punto de vista muy irónico. Dada la libertad de Kafka para pensar y para escribir (jamás se adscribió a un partido político ni a una corriente de pensamiento, ni tampoco al sionismo), es posible creer que si en verdad tuvo en mente al pueblo judío clamando en el desierto cuando escribió este relato, su visión de dicho pueblo «elegido» era harto irónica y políticamente incorrecta.

Por otra parte, la pieza de los chacales y los árabes, al igual que la historia del mono Rotpeter, puede contemplarse desde la perspectiva de los relatos de aventuras en tierras legendarias. En esta ocasión es el desierto el escenario de la aventura, ese vasto mundo de misterio y horizontes lejanos en el que pugnan por sobrevivir los chacales y los árabes, y las alimañas de todas clases, junto con los viajeros extranjeros y las caravanas. La imaginación de Kafka era capaz de crear una historia a partir de una sola palabra que le diera el primer impulso. Por ejemplo, «chacal»; por ejemplo, «árabe». De la palabra inicial nacía el resto, algo que siempre resultaba ser tan original como perfecto en su rareza.

«Una visita a la mina» («Ein Besuch im Bergwerk»)

Escrito tal vez después del 22 de abril de 1917. No se conserva el manuscrito original. El título se cita en una carta a Kurt Wolff fechada el 20 de agosto de 1917. Publicado por primera vez en el libro *Un médico rural.*

Comentaristas de Kafka asocian este relato con el titulado «Once hijos». Aquí, en lugar del padre que describe a sus hijos, es un yo ficticio, un minero, quien describe los gestos y el carácter de los once visitantes de la mina (los diez ingenieros y el sirviente). Los describe con la pericia del observador atento y objetivo, pero con el desapego de aquel a quien semejantes visitantes le resultan ajenos; porque pertenecen a un ambiente que no es el suyo. Son ingenieros y supuestamente saben de minas, pero el lector percibe la ironía con la que el verdadero conocedor de la mina—el trabajador que se adentra en las galerías más profundas—se refiere a las intervenciones e investigaciones de los ingenieros. Desde esta perspectiva, hay comentaristas que observan en esta pieza atisbos de crítica social.

Kafka siempre fue muy sensible ante las injusticias sociales. Que unos señores ingenieros se paseen por la mina alardeando de que conocen todos sus secretos sin sufrir los rigores del trabajo en las húmedas galerías es, tal vez, injusto. En su juventud, Kafka estuvo de acuerdo con las reivindicaciones proclamadas por el socialismo en favor de los trabajadores y los obreros desprotegidos, aunque jamás militó en ningún partido. A Kafka le importaban las personas, los individuos concretos que sufrían, y nunca quiso saber nada de movimientos en masa ni de «colectivos» que convertían el sufrimiento particular de cada cual en algo abstracto.

Malcolm Pastley, uno de los afamados editores de la edición definitiva de las obras de Kafka, sostiene que este relato también puede interpretarse desde el punto de vista del trabajo literario del propio Kafka. El escritor, seguro y a gusto en la minúscula casita de la calle de los Alquimistas (la mina), habría reaccionado mediante esta historia frente a alguna interrupción externa que hubiera interferido en su trabajo creador. El propio Kafka sería el minero que observa a los ingenieros, más que con el afán de criticarlos, con el sentimiento de lejanía que le lleva a decir que, en realidad, no se atreve a «emitir un juicio» sobre tales señores. Simplemente suponen una interrupción—un tanto absurda y jocosa—en el tiempo que normalmente debe consagrarse al trabajo serio.

La visión de los ingenieros ideada por Kafka es tan gráfica que el lector asiste al punto a una escena absolutamente realista. Qué duda cabe de que sería tal y como Kafka lo describe el modo en que los ingenieros inspeccionaban las minas en aquella época.

«El pueblo más cercano»
(«Das nächste Dorf»)

Esta pequeña reflexión, de la que no se conservó el manuscrito original, pudo ser escrita entre mediados de diciembre de 1916 y mediados de enero de 1917. Se publicó por primera vez en el libro *Un médico rural.*

A Kafka le encantaban las fábulas y las parábolas. Es conocido su gusto por los cuentos de tradición oral atribuidos a los jasidim. El filósofo Martin Buber los recopiló en una selección que se ha hecho célebre. Pero a Kafka no le seducía tanto la selección de Buber—historias adaptadas y embellecidas literariamente—como oír las antiguas leyendas y las pequeñas anécdotas judías recitadas por su amigo el actor Jizchak Löwy, que conservaban todo el sabor de la transmisión oral. Kafka creía en la fuerza del lenguaje común para la transmisión de estas pequeñas verdades llenas de sabiduría y de vida, tan paradójicas las más de las veces.

La oralidad de este pequeño apólogo ideado por Kafka queda marcada por las palabras «Mi abuelo solía decir…». El lector debe entender que no está ante una recreación literaria, sino ante las mismas palabras pronunciadas por el anciano, que ha visto y experimentado a su manera la gran verdad primordial del *tempus fugit*.

El pensamiento paradójico del abuelo recuerda también vagamente a la fábula griega de Aquiles y la tortuga. Zenón de Elea la planteó en su intento de demostrar que el movimiento en el espacio y el tiempo es sólo una ilusión de los sentidos. Decía que si el gran Aquiles saliese corriendo en persecución de una tortuga que hubiera partido poco antes que él, jamás la alcanzaría; el espacio y el tiempo son infinitos, así que Aquiles tendría que recorrer un espacio infinito en un tiempo infinito para alcanzar a la tortuga; pero como ésta también seguiría avanzando en el espacio y en el tiempo infinitos, siempre le llevaría ventaja. De manera que Aquiles nunca la alcanzaría.

En el caso de la pequeña reflexión kafkiana sucede algo igualmente paradójico y que confunde los sentidos: la vida parece larga, pero en realidad no lo es. Si alguien fuera consciente de su brevedad, jamás se decidiría a hacer algo sin temor a que el corto tiempo de su vida no alcanzara ni con mucho para realizarlo.

«Un mensaje imperial» («Eine kaiserliche Botschaft»)

Este pequeño relato forma parte del fragmento narrativo titulado «Sobre la construcción de la muralla china», escrito entre los meses de febrero y marzo de 1917. Kafka lo extrajo de allí, donde aparecía como una leyenda independiente. Lo publicó en la revista *Selbstwehr* el 24 de septiembre de 1919.

El número 47 de los ciento nueve célebres «aforismos de Zürau», escritos por Kafka en el invierno de 1917 y 1918, dice así:

> Se les dio a elegir entre ser reyes o correos de los reyes. A la manera de los niños, todos quisieron ser correos. Por eso hay tantos correos, corren presurosos por el mundo y, como no hay reyes, se gritan unos a otros mensajes que ya no tienen sentido. Gustosamente pondrían fin a esa vida miserable, pero no se atreven a causa del juramento profesional que prestaron.[1]

El aforismo conserva el eco de esos motivos exóticos de la China, los emperadores y los mensajeros imperiales; y parece un guiño a la imagen del mensajero del emperador que lleva por el mundo «el mensaje de un muerto».

Al igual que en el relato «Una vieja hoja», la leyenda del emperador moribundo que envía el mensaje a uno de sus súbditos, al más insignifi-

[1] Kafka, *«Tú eres la tarea»*, *op. cit.*, p. 116.

cante, al «individuo», podría leerse desde el punto de vista de la pérdida del Imperio austrohúngaro. En este caso concreto, como apunta Reiner Stach, podría verse un apunte sobre la pérdida que supuso para Kafka la muerte de Francisco José I, emperador de Austria y rey de Hungría y de Bohemia.

Este soberano reinó sesenta y ocho años: desde el 2 de diciembre de 1848 hasta su muerte, el 21 de noviembre de 1916. El emperador—como ya se vio en el relato «Sobre la construcción de la muralla china»—era el símbolo del imperio y encarnaba el imperio propiamente dicho. Una vez muerto el monarca, el declive de su reino se aceleró estrepitosamente—su endeble heredero, el frágil Carlos I de Austria, no pudo impedir lo inevitable.

Kafka, «Franz», tocayo a medias del mencionado emperador, también había vivido bajo su reinado; pero con la muerte del soberano, con la Gran Guerra y sus penalidades, con el poderoso movimiento nacionalista checo avanzando imbatible, que despreciaba la lengua y la cultura alemanas en la que él se había educado, tenía motivos para la decepción y el desaliento. De ahí que sea posible interpretar el cuento del mensaje imperial como un pequeño homenaje al mundo que se perdía; el mensajero jamás saldrá del palacio porque el palacio es toda la tierra y el emperador ha muerto. Uno sólo puede soñar con ese mensajero (el emperador ya no se dirige «a mis pueblos», como solía, sino al «individuo», al único que tal vez pueda comprenderlo); soñar que el mensajero llega con el mensaje; pero ¿qué dirá? ¿Tal vez que lo que está sucediendo—la muerte y la caducidad del reino—es ficticio y que si lo obviamos podremos volver a ser felices como antes, cuando no sabíamos que éramos felices? Kafka nunca lo dijo.

Max Brod lo interpretó de otro modo en su biografía de Kafka. El mensaje le dirá al único, al individuo—que no es otro que el propio Franz Kafka—que no se desespere, que intente ser él mismo y seguir su propio camino; será un camino que ha de llevarlo lejos del emperador y de su imperio, una senda que deberá recorrer a solas, pero que le deparará nuevas experiencias y conocimientos.

Poco antes de publicar estos relatos, Kafka soñaba con ganarse la vida como escritor independiente, lejos de la ciudad de Praga y de su familia. En este sentido, el mensaje del emperador tiene que ver con la leyenda del guardián de la puerta: también el campesino debería haber pensado en seguir el camino que sólo a él le estaba destinado, alejando de sí los impedimentos que tal vez fueran sólo imaginarios.

«La preocupación del padre de familia»
(«Die Sorge des Hausvaters»)

Se desconoce cuándo fue escrito, pues no se ha conservado el manuscrito original. En todo caso, fue antes de agosto de 1917. La revista *Selbstwehr* lo publicó el 19 de diciembre de 1919.

El artefacto animado que imagina Kafka, este «Odradek», una especie de carrete de hilo en forma de estrella con una suerte de patas de alambre, ha quedado como uno de los pequeños enigmas de la historia de la literatura. Tal vez el nombre del objeto, pese a las referencias filológicas del comienzo del relato, simplemente provenga de la marca de motocicletas «Odradek» que Kafka conocía bien: al menos desde 1907, circulaban por las calles de Praga; también su tío, el médico rural, poseyó varias motocicletas, en las que Kafka solía pasearse cuando iba a visitarlo, y entre ellas tal vez hubiera una de esta marca (es un hecho que no se ha constatado).

Se ha visto en Odradek el símbolo de las cosas inútiles y abandonadas que andan rodando de acá para allá en todas las casas, esos objetos o artefactos con los que nos tropezamos a menudo y de los que decimos que debemos deshacernos «sin falta» en la próxima mudanza. Tal vez algún carrete de hilo de su madre o de sus hermanas fue el objeto concreto que inspiró a Kafka.

Al principio del relato el artefacto parece inanimado, pero enseguida nos damos cuenta de que Odradek es un ser vivo; es uno de esos «seres imaginarios» como los que recopiló Borges en su célebre antología homónima. Habla y ríe, y su risa «es sólo una risa como la que únicamente se puede emitir cuando no se tienen pulmones. Suena más o menos como el crujido de las hojas secas». De este modo es como Kafka caracterizó alguna vez a su propia risa, y de ahí que también el relato se preste a una interpretación autobiográfica. En este sentido, Odradek sería un trasunto del propio Kafka, «inútil», según la corta comprensión de su progenitor, que no entiende cómo el hijo, teniendo un buen empleo con el que ganarse la vida, no pone más empeño en hacer negocios lucrativos en lugar de dedicarse a la tonta afición de la literatura. Si Odradek es el símbolo del propio Kafka, el padre de familia preocupado no será otro que el esforzado mercero Hermann Kafka. Éste se confiesa al final del relato: «la idea de que también él [el artefacto inútil Odradek] vaya a sobrevivirme es para mí casi dolorosa». En la «Carta al padre» Kafka recordó—tal vez con exageración—que toda su literatura giraba en torno a la figura del padre. La figura de Odradek es absurda, un carrete de hilo, que toma forma humana. Tan absurda como el bicho en el que se convierte Gregor Samsa en *La transformación*. Ante el poder de la ley del padre, algunos hijos pueden sentirse así, como bichos raros o trastos inútiles.

Kafka dedicó el libro *Un médico rural* a su padre. Le hacía ilusión la dedicatoria porque quería demostrarle que también él hacía algo de provecho publicando libros; quería reafirmarse a través de la literatura y que el progenitor admitiera su valía. No lo consiguió nunca. En la mencionada «Carta al padre», Kafka recuerda que él reaccionaba con suma indiferencia ante cada publicación suya: «Ponlo en la mesilla de noche», le decía escuetamente al recibir un nuevo volumen.

El intrincado Walter Benjamin, en el ensayo que escribió en 1934 a raíz del décimo aniversario de la muerte de Kafka, afirmó que Odradek «es la forma que las cosas adoptan en el olvido».[1] A tenor de semejante afirmación, Odradek podría ser cualquier cosa que se ha olvidado o que sólo entrevemos vagamente. Y desde el punto de vista del psicoanálisis, Odradek podría ser cualquier recuerdo reprimido que anda rondando «la casa», la psique, y que de alguna manera tiende a aflorar e influir en nuestra vida real sin que lo sepamos.

Max Brod vio en la forma estrellada de Odradek una alusión a la estrella de David, el símbolo del judaísmo; el artefacto móvil sería una metáfora del pueblo israelita, siempre errante en busca de un lugar propio donde asentarse. Brod huyó al exilio el 14 de marzo de 1939, justo el día antes de que los nazis ocupasen Bohemia y Moravia. Escapó con apenas lo puesto, pero llevando consigo un maletín con el legado manuscrito de

[1] Walter Benjamin, *Sobre Kafka. Textos, discursos, apuntes*, ed. Hermann Schweppenhäuser, trad., pról. y notas Mariana Dimópulos, Buenos Aires, Eterna Cadencia, 2014, p. 55.

su gran amigo Franz Kafka. Su destino era Israel, el país en el que terminó encontrando su acomodo definitivo.

«Once hijos» («Elf Söhne»)

La datación del texto no se conoce con exactitud, pero lo más probable es que Kafka lo escribiera antes de la última semana de marzo de 1917. La primera vez que vio la luz fue en el libro *Un médico rural.*

La contundente afirmación con la que se inicia el relato «Yo tengo once hijos» manifiesta orgullo. Después se verá que el padre que así habla es muy crítico (y parece que objetivo) con cada una de sus criaturas. Ninguno de los hijos es perfecto, cada cual tiene sus rasgos positivos y negativos. Algunos están más cercanos al corazón del padre, y otros están más alejados, o incluso hasta han cortado toda comunicación con él. En cierto sentido, el recuento de los hijos y de sus peculiaridades recuerda a las genealogías bíblicas, orgullo de patriarcas; también, a las familias numerosas que tanto abundaban entre los judíos de la época de Kafka.

Max Brod afirmó que su amigo tenía un concepto muy elevado de la paternidad. En la «Carta al padre», escrita en noviembre de 1919—mitad confesión de amor filial, mitad ajuste de cuentas con su progenitor—, Kafka escribió:

Casarse, fundar una familia, aceptar todos los hijos tal como vengan, mantenerlos en este mundo inseguro y hasta guiarlos un poco es, según mi convicción, lo máximo que puede lograr un ser humano. Que haya tantos que, aparentemente, consigan eso con facilidad no es ninguna prueba en contra, pues, en primer lugar, no hay tantos que de hecho lo consigan y, en segundo lugar, esos «no tantos» la mayoría de las veces no lo «hacen», sino que es algo que simplemente les «ocurre»; eso no es ciertamente lo máximo a lo que me refería, aunque sí que es algo muy grande y muy digno (sobre todo porque aquí «hacer» y «ocurrir» no pueden separarse limpiamente uno del otro). Y, en definitiva, no se trata tanto de alcanzar ese máximo, sino de llegar a algún tipo de lejanía, de digno acercamiento; y es que no es necesario volar hasta el centro del sol, pero sí escurrirse hasta algún lugarcito tranquilo en la tierra en el que el sol brille de cuando en cuando y uno pueda calentarse un poco.[1]

[1] Citado por Max Brod en «Franz Kafka. Eine Biogra-

Brod recuerda a Kafka contándole lo alegre y jactancioso que se mostraba su padre cuando nacía un nuevo nieto: alborotaba por toda la casa, jubiloso como un patriarca. De ahí que extraiga la conclusión de que, precisamente, si algo muestra el relato de los once hijos es el anhelo de la paternidad: «Debe entenderse como el reflejo de dicho anhelo». Es una afirmación muy categórica por parte de Brod, quien a continuación añade que esta tesis sobre el anhelo de paternidad no contradice lo que el propio Kafka le dijo de viva voz sobre este relato: «Los once hijos son sencillamente once historias en las que estoy trabajando justo ahora». «Los hijos de Kafka eran sus historias—prosigue Brod—; al escribir, Kafka imprimía en un terreno remoto pero idóneo para él una fuerza creadora análoga a la del padre [...] Cierta vez, mientras leía "entre sollozos reprimidos" un libro sobre la guerra de 1870-1871, Kafka divagaba con el ideal de "ser padre y hablar serenamente con el hijo.

phie», en: *Über Franz Kafka* ('Sobre Franz Kafka'), Fráncfort del Meno, Fischer, 1983, pp. 122-123. *Id.* para las dos citas siguientes. Traducción propia.

Pero para ello hay que tener corazón y no una pequeña maquinita de juguete en su lugar"».

Basándose en la afirmación de Brod, se ha especulado con la posibilidad de que esas historias en las que trabajaba Kafka fueran once de las catorce que contiene *Un médico rural*; aun así, la tarea de identificar cada uno de los textos en virtud de las descripciones de los hijos que da el padre se antoja demasiado complicada, cuando no vana. Malcolm Pastley aseguró que la crítica del padre a los hijos equivale a una crítica de Kafka a los relatos que escribió en esa época—no todos ellos incluidos necesariamente en *Un médico rural*—; recuérdese que Kafka rechazó publicar otros relatos de la misma época, que sólo conocemos gracias a que Brod los salvó. Kafka era implacable consigo mismo, el nivel de exigencia para con su escritura era máximo.

Cabe interpretar el texto de otro modo. El narrador del relato habla de cada uno de sus hijos con objetividad. Todos tienen algo bueno en su carácter, pero cada uno de ellos adolece de un defecto que lo aleja del afecto definitivo del padre. Tal vez Kafka, que fue siempre tan criticado por su padre, reunió las críticas que su progenitor le hacía solamente a él y las distribuyó por cada uno de los once hijos. Por tanto, el relato sería un ejercicio de estilo surgido de la humillación sufrida; y una sublimación del sufrimiento padecido, al mismo tiempo que una pequeña venganza.

A tenor de estos «Once hijos», es irremediable recordar aquí al célebre recitador Ludwig Hardt (1886-1941). Fue uno de los recitadores más célebres de la época de entreguerras del siglo XX; con su admirable dicción y talento para la mímica, solía leer en sesiones públicas textos escogidos de sus autores favoritos, como Goethe, Kleist, Heine o Robert Walser, entre otros muchos. Y también recitaba con deleite las pequeñas piezas curiosas de un libro por el que Kafka sentía un aprecio especial: *El amigo de la casa*, de Johann Peter Hebel, colección de historias de almanaque conocida también como el *Cofrecillo de joyas*. Tales historias están concebidas en un lenguaje claro y sencillo, y narran pequeños sucesos cotidianos, anécdotas jocosas de gentes sencillas o historias maravillosas de aparecidos o de tesoros fabulosos; el propio Kafka solía leer alguna de ellas en voz alta a sus amigos.

Según refiere Reiner Stach,[1] en el invierno de

[1] Stach, *Kafka*, *op. cit.*, vol. 2, pp. 2010 y ss.

1920-1921, Ludwig Hardt topó con *Un médico rural*; quedó fascinado con sus historias y decidió estudiarse algunas piezas para recitarlas en público. El relato de los once hijos estuvo desde entonces entre sus favoritos; de él admiraba su lenguaje puro y preciso tanto como su fina ironía. También él, como judío, veía en el detallado registro del padre un guiño burlesco a las genealogías de la Biblia. «*Once hijos*—escribía el crítico del *Vossische Zeitung* tras una representación de Hardt en Berlín—había sido "la impresión más fuerte de la velada"; y eso que competía con piezas de Robert Walser, Georg Heym, Christian Morgenstern, Liliencron, Maupassant, Scheerbart, Börne y Heine». Un texto tan enigmático, en el que no sucede nada, debió de ser leído por Hardt de manera verdaderamente extraordinaria para causar tal efecto. Cuando Kafka se enteró, se sintió eufórico; pensó que si Ludwig Hardt, una persona mucho más conocida que él, llevaba textos suyos en su programa, la publicidad de su obra estaba asegurada. Y así fue: muchas personas oyeron por primera vez el nombre de Kafka gracias a los textos recitados por Hardt.

Elias Canetti, otro supremo admirador de Kafka y muy amigo del recitador, cuenta que en cierta ocasión Hardt le recitó en privado algunos de los textos más queridos de su repertorio.[1] Entre ellos, los de Kafka. Añade, además, que Hardt le habló de lo mucho que Kafka apreciaba las pequeñas historias de almanaque de Hebel; y, para demostrárselo, Hardt le enseñó «el objeto más valioso de cuantos poseía, que siempre llevaba consigo». Se trataba de un pequeño ejemplar del *Cofrecillo de joyas* que el propio Kafka le había regalado después de haber asistido como oyente a una de sus actuaciones en Praga, con una dedicatoria de su puño y letra. También le dijo a Canetti que nunca se separaba de aquel libro: «no se lo confío a nadie. Cuando me voy a dormir, lo meto debajo de mi almohada». Con aquel pequeño regalo Kafka lo había hecho tan feliz como Hardt a él con la admiración que sentía por sus relatos.

[1] Elias Canetti, «Hebbel y Kafka», en: *Obras completas* V, ed. Juan José del Solar, varios trad., Barcelona, Galaxia Gutenberg-Círculo de Lectores, 2012, pp. 674-676.

«Un fratricidio» («Ein Brudermord»)

Kafka quizá escribió este relato entre el 14 de diciembre de 1916 y mediados de enero de 1917. No se conserva la versión manuscrita. En septiembre de 1917 apareció en la revista *Marsyas* bajo el título de «El asesinato».

En el libro *Un médico rural* mantuvo su título original, tan explícito—literalmente: el asesinato de un hermano, fratricidio en español—que el lector tiene que colegir en un principio que el asesino y la víctima son hermanos de sangre. Pero esto no queda claro en el curso del relato. Schmar no parece hablar de Wese como de un ser fraterno, sino como de un antiguo amigo y camarada de juergas cerveceras. Las interpretaciones del relato dependerán de este punto clave.

Lo que es evidente es que Schmar odia a Wese; no hay explicación de por qué quiere matarlo, el odio tendrá una causa que se nos oculta. ¿Se trata de un crimen para lavar una ofensa? ¿Tal vez un crimen por celos? Parece que Schmar, apenas mata a Wese, piensa en Julia. «¡En vano espera Julia!». ¿Es tal vez la envidia la causa del odio? La envidia, los celos que Caín sintió de su hermano Abel, cuya ofrenda sacrificial prefirió

Dios, fueron la causa por la que lo mató. ¿Será esta pequeña pieza la recreación expresionista de aquel crimen primordial relatado en el Antiguo Testamento?

Aunque si Schmar y Wese son sólo compañeros de parranda, ese «hermano» del título indica otra cosa. Se trataría entonces de la muerte de un camarada, de un amigo, provocada por la inquina (fundada o no) de alguien que conscientemente ya no se siente obligado por esos lazos de camaradería o de amistad a respetar la vida de la víctima.

Especulaciones aparte, lo cierto es que esta breve pieza está escrita de manera muy experimental; cobran especial intensidad en ella los gestos y el detalle de las descripciones. Tal vez, apenas comenzada la lectura, el lector imagine la escena rodada en blanco y negro, como si fuera parte de una película de las que Murnau filmaría en la década de los años veinte, en Alemania. Es fácil imaginar las expresiones de odio en el rostro de Schmar iluminado artificialmente, así como la beatífica mirada dirigida a las estrellas del inocente Wese; y todo ello en esos callejones de cartón piedra emulados artificialmente para el cine mudo. Vemos también al gordo rentista Pallas en la ventana sin perder detalle, y a Julia, una esposa desesperada con un perpetuo rictus de tensión en la cara. Y la impactante escena de la multitud acosando al asesino, y el desgarro de la esposa, arrojándose desencajada sobre el cadáver del marido.

La metáfora final para describir la fusión de Julia con Wese, «el abrigo de piel que se cierra sobre los esposos como el césped de una tumba», recuerda a esa otra tumba que se cerrará sobre Josef K. en «Un sueño».

«Un sueño» («Ein Traum»)

El nombre de «Josef K.» con el que empieza el relato remite directamente a *El proceso*, cuyo celebérrimo protagonista se llama igual. De ahí que se especule con la idea de que pudo ser concebido para incluirlo en alguno de los capítulos de la novela que quedaron en esbozo o sin terminar. La datación del texto es incierta, pero basándose en la anterior suposición, cabe aventurar que fuera escrito entre el 11 de agosto de 1914 y el 21 de junio de 1916. A mediados de diciembre de 1917 se publicó en el libro colectivo *Das jüdische Prag* ('La Praga judía'), que reunía trabajos de escritores judíos praguenses; esta historia fue la única contribución de Kafka.

Lo explícito del título define el contenido de la pequeña pieza: una supuesta transcripción de un sueño de Josef K. La sensación onírica es perfecta, con esa mezcla de elementos reales y su distorsión sobrenatural, además de la anulación de las dimensiones de espacio y tiempo. Lo grotesco es visto con cierta sorpresa por el protagonista del sueño, pero no lo cuestiona racionalmente; ahí están la aparición de los obreros colocando la lápida y, a continuación, la entrada en escena del pintor. La minuciosa descripción de los gestos de los personajes es siempre sobresaliente en las narraciones de Kafka, y ello las acerca a las narraciones oníricas, ya que también en éstas los gestos son determinantes en la búsqueda de un significado oculto. El sueño de Josef K. encantaría a Freud por su aparente claridad: revelaría la pulsión de muerte del protagonista. Por otra parte, una interpretación en la que el núcleo del sueño sea el complejo de culpa también resultaría creíble.

«Un sueño» es una pieza redonda, la descripción perfecta de una aventura onírica perfecta, muy trabajada en sus detalles. Tal vez Kafka la concibió como un sueño premonitorio de Josef K., pesadilla, más bien, premonitoria de su muerte, puesto que como sabe todo lector de *El proceso*, el veredicto del inalcanzable tribunal reza que Josef K. es culpable y debe morir ajusticiado. Es la misma sentencia que dictamina el padre de Georg Bendemann en el relato «La condena». Y al igual que en dicho relato, el hijo sentenciado se apresura a ejecutar él mismo su sentencia.

En «Un sueño» Josef K. escarba su propia tumba. El protagonista se ve impelido a actuar, y su acto consiste en colocarse en el lugar que le corresponde: el hoyo en la tierra. Sólo cuando él esté sepultado podrá el pintor proseguir su trabajo. En este sentido se han hecho interpretaciones de este relato que van por otros derroteros: sólo cuando la vida del cuerpo cesa, comienza la vida espiritual. Sólo cuando Josef K. (trasunto del propio Kafka) deje de vivir podrá comenzar su nueva vida el artista que hay en él. Así se ha interpretado también, en parte, la historia del mono Rotpeter, el espléndido relato que sigue a «Un sueño» y cierra el libro *Un médico rural.*

«Un informe para la academia» («Ein Bericht für eine Akademie»)

Fue escrito entre el 6 y el 22 de abril de 1917. Apareció por primera vez en la revista de tendencia sionista *Der Jude* en noviembre de 1917.

Al igual que en «Chacales y árabes», Kafka quería que los lectores sólo viesen en el relato del mono Rotpeter la historia de un animal, nada de planteamientos alegóricos o simbólicos de entrada; aun así, tal historia es singularísima y poco tiene de sencilla. Quizá sea éste uno de los relatos más poderosos de Kafka. Ha sido llevado varias veces a escena como monólogo. Conmociona oírlo en el teatro, sólo entonces resalta plenamente toda la fuerza dramática que encierra.

Al insuperable actor y académico de la lengua José Luis Gómez debemos interpretaciones célebres en español; gracias a la maestría de este gran artista, el primero que llevó a escena el texto de Kafka en España, fueron muchos los espectadores que descubrieron el relato. Y el vigor que le insuflaron las tablas a esta historia «despertó» a los lectores, que aguzaron la vista para leer entre líneas los profundos mensajes que cabe extraer de las vicisitudes del mono Rotpeter, y ello con independencia de si Kafka pretendió o no lanzar tales mensajes.

La potencia de la historia quedó clara en cuanto Kafka la presentó a sus amigos. A Elsa Taussig, la esposa de Max Brod, se debe la primera lectura en voz alta, reinterpretándola sólo con su voz a la manera de Ludwig Hardt, ante una pequeña audiencia de conocidos y amigos del autor. Al terminar la actuación, los asistentes se mostraron entusiasmados. Max Brod escribió poco después que jamás había visto tan bien expuesta simbólicamente la lucha del pueblo judío por su asimilación en la sociedad de los gentiles. Muchos lectores de *Der Jude* consideraron el relato una sátira que, en último término, expresaba con acierto el enorme sufrimiento y la tremenda angustia de los judíos asimilados.

El protagonista de tan extraordinaria historia es un mono que actúa en un espectáculo de variedades. A este respecto, consta que Kafka halló inspiración en una noticia aparecida en el *Prager Tagblatt* el primero de abril de 1917, en la que se daba cuenta de la actuación de un chimpancé en el teatro de variedades de Praga. El relato fue escrito poco después de publicarse dicha noticia. Con su portentosa imaginación, Kafka comenzaría a empatizar con el chimpancé poniéndose en su lugar e ideando la historia de su vida pasada. Con ese gesto, se alejó del problema concreto de los judíos asimilados para expresar una cuestión más universal: el problema de la libertad. ¿Hasta qué punto somos libres?

La historia de Rotpeter o de «Pedro el Rojo», como se ha traducido en alguna versión castellana, tiene la virtud de ser leída hoy—entre otras muchas lecturas—como un homenaje a la libertad perdida, sea de la especie que sea. En ella, late el mito del paraíso bíblico, censurado para siempre, irrecuperable, del que fueron expulsados nuestros primeros padres, Adán y Eva. Y también asoma aquella idea típica de la Edad Moderna del *bon sauvage* tan bien expresada por Rousseau.

El autor de *Emilio o De la educación* proclamaba que el hombre es bueno por naturaleza, y que la sociedad lo corrompe. A Rotpeter comienzan por arrebatarle su paraíso, y si no quiere pasar su vida en un zoo, exhibido como animal exótico enjaulado, o aprender a golpes de látigo unas cuantas monerías para diversión del público, el único remedio que tiene es socializarse, desprenderse de su verdadera vida y acoger la nueva salida que ganará asemejándose a los hombres; nunca alcanzará la libertad, puesto que entre los hombres ésta es sólo una ficción con apariencia de realidad; porque en la sociedad de los humanos nadie es libre, y ello pese a que se proclame a voz en cuello la libertad. Para vivir en sociedad hay que renunciar a ella; quien se acomoda deja de ser libre para siempre.

El buen salvaje choca con la sociedad; si no se somete al yugo totalitario de las buenas formas, de las costumbres imperantes, esa misma sociedad lo encerrará en la cárcel o lo exhibirá como ejemplo de exotismo o como castigo y escarnio. Sólo aceptando ser «uno más» se medra entre los hombres.

Aparte de Rousseau, se han visto influencias de Nietzsche en el relato de Rotpeter. En el libro *La genealogía de la moral* se halla una crítica expresa del hombre como animal «amaestrado» por la moral. El ser humano, afirma Nietzsche, sacrifica sus instintos básicos, que son los del hombre «salvaje», y no son instintos que precisamente puedan denominarse «buenos» (Nietzsche no creía con Rousseau en la bondad radical del ser humano en su estado de asilvestramiento, sino todo lo contrario). Son instintos básicos que capacitan al hombre para la lucha y la supervivencia en el medio hostil de la naturaleza; y también son los instintos de la crueldad y del afán de poder; éstos los sacrifica el hombre que desea ser civilizado a cambio de una «conciencia». Mediante dicha conciencia es admitido en la sociedad de los mansos y de los bienpensantes. Baste el siguiente párrafo para observar cierta afinidad con el relato de Rotpeter:

> El hombre que a falta de enemigos y resistencias exteriores, atenazado por una agobiante estrechez y regularidad de las costumbres, se desgarraba impaciente a sí mismo, se perseguía, mordía, hostigaba, maltrataba; este animal que se despellejaba abalanzándose contra los barrotes de su jaula y a quien se quiere «amaestrar»; este ser que, menesteroso y consumido por la nostalgia del desierto, tuvo que hacer de él mismo una aventura, una cámara de torturas, un despoblado inseguro y peligroso, ese tontiloco, este prisionero nostálgico y desesperado, se convirtió en el inventor de la «mala conciencia».[1]

[1] «La genealogía de la moral», trad. José Mardomingo Sierra, en: Friedrich Nietzsche, *Nietzsche II*, Madrid, Gredos, 2009 (§ 16 del Segundo Tratado: «'Culpa', 'mala conciencia' y otras cosas afines»), p. 647.

La «mala conciencia» es para Nietzsche la negación de lo primigenio, de los instintos salvajes del hombre, de su libertad, de esa que goza el animal poderoso sin conciencia. Quien, en cambio, tiene conciencia queda prisionero de ella, y prisionero también de la sociedad que le exige que haga «examen de conciencia» a cada paso que da, si quiere ser admitido en el club de los apesebrados sociales.

Kafka era lector de Nietzsche. Ya apuntamos algún posible eco, concretamente de *La genealogía de la moral*, en su relato «En la colonia penitenciaria»,[1] por eso no es extraño que también en esta imagen de Rotpeter enjaulado, carcomiéndose por dentro, ansioso por «encontrar una salida» a su desesperación, hubiera alguna reminiscencia nietzscheana. Sobre todo, en esa tesis de la renuncia del ser humano—en calidad de animal salvaje natural de origen—a sus instintos básicos por mor del amaestramiento social y moral, debido al anclaje en la sociedad humana. «Yo, mono libre, acepté este yugo», dice Rotpeter. Llevar el yugo, haber renuncia-

[1] Véase Kafka, *En la colonia penitenciaria*, *op. cit.*, pp. 119 y ss.

do a los instintos básicos para ser aceptado, crea angustia y desaliento; Freud lo llamó neurosis.

Por otra parte, estudiosos de Kafka vieron en el destino del mono hecho hombre un símbolo del artista que debe pagar su diezmo a la sociedad a cambio de la aceptación social. El artista, un ser libre por antonomasia si nos retrotraemos a la idea romántica del «genio», tendrá que renunciar a parte de su genialidad y someterse a las exigencias de su tiempo si es que quiere vivir en paz. Y si su creatividad no le aporta los emolumentos necesarios, tendrá que conformarse con ganarse el pan de la forma que sea para no perecer. El propio Kafka tenía que madrugar y acudir todos los días a su despacho en el Instituto de Seguros de Accidentes de Trabajo. Hubiera preferido ser «libre», vivir en Berlín y escribir a todas horas, aunque fuera como articulista de periódico; lo esencial era ejercer su arte sin cortapisas. Las presiones familiares y las circunstancias sociales se lo impidieron. Sólo cerca ya del final de su vida consiguió vivir de manera parecida a como anhelaba; por desgracia, esa especie de dicha apenas duró nueve meses. Estaba ya muy enfermo cuando pudo trasladarse a Berlín junto con su último amor: la joven Dora Diamant.

Para entonces, la enfermedad había mellado seriamente su organismo y terminó pronto con el disfrute de aquella «libertad».

Además de todo lo anterior, a Kafka le interesaba mucho la educación de los niños. Es posible ver en la historia de Rotpeter una crítica oculta a la educación infantil de su época. Él fue partidario de la educación libre de algunas escuelas antitradicionalistas, de esas instituciones de enseñanza en las que se impartían conocimientos jugando y en las que se llevaban a cabo novedosos planes pedagógicos cuya pretensión era educar niños que precisamente no fueran como monitos de feria; niños libres de los prejuicios de los padres; niños que no fueran clones de las personas mayores, sino que tuvieran su propia personalidad y con ella fueran capaces de crear una sociedad mejor y más justa.

Desde este punto de vista de la pedagogía, el adulto termina por reprimir, además de su conciencia, al niño que hay en él. El niño es educado en la imitación de los adultos, a la vez que en la represión de sus instintos básicos. Para ser aceptado como ciudadano, tendrá que crecer como adulto y adaptarse a la sociedad. Kafka intentó convencer a su hermana Elli de que llevase a sus hijos a un internado en el que se seguían los métodos de la pedagogía de la libertad, pero sin éxito. La sociedad de su época no estaba por la labor de cambiar las viejas estructuras por experimentos aventurados que sabe Dios si conducirían a la anarquía o al caos.

Más allá de estas interpretaciones, el lector puede quedarse con la fábula cruda de Rotpeter encadenado e imaginarse, en principio, el tétrico ambiente de novela de negreros (en este caso, de traficantes de animales) descrito por Kafka. La compañía Hagenbeck que aparece en el relato no es imaginaria, sino real. Fue fundada por el zoólogo hamburgués Carl Hagenbeck (1844-1913) en 1866, y organizaba expediciones de caza de animales salvajes en África y Oceanía. Hagenbeck ofició de domador y creó su propio circo. La empresa era célebre en toda Alemania cuando falleció su creador, quien en 1907 había fundado el «Parque zoológico Hagenbeck» de Hamburgo.

Kafka jugó a imaginarse el destino de una criatura salvaje atrapada por los expedicionarios de Hagenbeck y, en combinación con la noticia del mono actor de variedades del *Prager Tagblatt*, creó a su Rotpeter. Sin embargo, su relato escapa a todas las convenciones. Las andanzas que narra Rotpeter—¿hay algo menos convencional y fabuloso que un mono que habla?—comparten en principio la atmósfera de una novela de aventuras de las que tanto le gustaban a Kafka, ambientadas en parajes selváticos de África o Sudamérica. Pero lo que sigue, la descripción de la lucha del animal por convertirse en hombre imitando ese lado mezquino y externo del marino juerguista y borracho, ya es patrimonio único de Kafka. Su imaginación no se contentó con mostrar únicamente el sufrimiento físico que padece el mono enjaulado en la oscura bodega del barco, frente a frente con las serpientes gigantes (tal vez boas de varios metros), también quiso mostrar su sufrimiento psicológico y moral, un sufrimiento que lo dignifica como criatura de Dios. Con ello, y sin pretenderlo, Kafka se adelantó a cualquier defensor actual de los derechos de los animales.

Por último, la historia de Rotpeter puede entenderse también—más en consonancia con la época de Kafka—en clave anticolonialista. Bien podría ser un homenaje muy particular a aquellos paraísos perdidos de las tierras vírgenes, y una denuncia de la explotación a los que los sometió el hombre blanco. El sufrimiento y el sudor del mono hecho hombre da voz a aquel otro sufrimiento inmenso de generaciones enteras de seres humillados y esclavizados, obligados a enmudecer.

LUIS FERNANDO MORENO CLAROS

KAFKA EN ACANTILADO

CITATI, Pietro, *Kafka*, trad. José Ramón Monreal, Barcelona, Acantilado, 2012.

KAFKA, Franz, *«La condena» y «El fogonero»*, epíl. y trad. Luis Fernando Moreno Claros, Barcelona, Acantilado, 2018.

—, *En la colonia penitenciaria*, epíl. y trad. Luis Fernando Moreno Claros, Barcelona, Acantilado, 2019.

—, *«Tú eres la tarea». Aforismos*, ed., pról. y coment. Reiner Stach, trad. Luis Fernando Moreno Claros, Barcelona, Acantilado, 2024.

KOCH, Hans-Gerd (ed.), *Cuando Kafka vino hacia mí…*, trad. Berta Vias Mahou, Barcelona, Acantilado, 2009.

STACH, Reiner, *Kafka. Los primeros años. Los años de las decisiones. Los años del conocimiento*, 2 vols., trad. Carlos Fortea, Barcelona, Acantilado, 2016.

—, *¿Éste es Kafka? 99 hallazgos*, trad. Luis Fernando Moreno Claros, Barcelona, Acantilado, 2021.

WOLFF, Kurt, *Autores, libros, aventuras. Observaciones y recuerdos de un editor, seguidos de la correspondencia del autor con Franz Kafka*, trad. Isabel García Adánez, Barcelona, Acantilado, 2010.

ESTA REIMPRESIÓN, PRIMERA,
DE «UN MÉDICO RURAL», DE FRANZ
KAFKA, SE TERMINÓ DE IMPRIMIR
EN CAPELLADES EN EL MES
DE DICIEMBRE
DEL AÑO
2024

Colección Cuadernos del Acantilado
Últimos títulos

111. A. G. PORTA *Persecución y asesinato del rey de los ratones representada por el coro de las cloacas bajo la dirección de un escritor fracasado*
112. FRANCESCO PETRARCA *Remedios para la vida* (3 ediciones)
113. ARTHUR SCHOPENHAUER *El arte de tener razón. Expuesto en 38 estratagemas* (4 ediciones)
114. JEAN-PHILIPPE POSTEL *El affaire Arnolfini. Investigación sobre un cuadro de Van Eyck* (5 ediciones)
115. NUCCIO ORDINE *George Steiner, el huésped incómodo. Entrevista póstuma y otras conversaciones*
116. YANNIS RITSOS *Sueño de un mediodía de verano*
117. STEFAN ZWEIG *Verlaine*
118. NATALIA GINZBURG *Valentino* (2 ediciones)
119. LEV TOLSTÓI *«Lucerna» y «Albert»* (2 ediciones)
120. MARÍA NEGRONI *La idea natural* (3 ediciones)
121. STEFAN ZWEIG *«Obligación impuesta» y «Wondrak»* (2 ediciones)
122. MARIO SATZ *El rostro y sus máscaras. Variaciones y constancias*
123. FRANZ KAFKA *Un médico rural. Pequeños relatos* (2 ediciones)
124. JOSEPH ROTH *La leyenda del santo bebedor*
125. ARISTÓTELES *Sobre la amistad. Libros VIII-IX de «Ética a Nicómaco»*